Quart*buch*

Zweimal Alan Bennett: Zweimal schlägt der Tod zu, und schon fallen die unterschiedlichsten übereinander her und miteinander ins Bett:

Mr. Midgley hat seinen übermächtigen Vater oft vergeblich zum Teufel gewünscht. Nun ist es endlich soweit. Während der Vater auf der Intensivstation hinüberdämmert, zieht sich der Sohn dessen viel zu große Hosen an und macht mit der Krankenschwester seiner Ehe den Garaus. Die Frage ist, ob sich irgend etwas geändert hat für ihn.

Pater Jolliffe hingegen muß einen Gedenkgottesdienst für den Bettgefährten der *beautiful people* von London zelebrieren. Einen Mann, den er selbst ganz genau kennengelernt hat. Die traurige Zeremonie verwandelt sich jedoch unversehens in einen überaus sinnenfrohen Dankgottesdienst, denn es kommt heraus, woran dieser Mann nicht gestorben ist.

Alan Bennetts Kurzromane, seit Mitte der neunziger Jahre in England erschienen, genießen den gleichen Kultstatus wie seine Theaterstücke, die von der BBC für ein Millionenpublikum unter dem Titel »Talking Heads« gesendeten Monologe. Keiner hat das moralische Klima im heutigen England besser eingefangen und mit solch gnadenloser Komik zerlegt.

Ein großer Moralist und einer der witzigsten europäischen Gegenwartsschriftsteller ist zu entdecken.

Alan Bennett

Vater, Vater lichterloh

Aus dem Englischen
von Ingo Herzke

Verlag Klaus Wagenbach Berlin

INHALT

HAND AUFLEGEN

Treacher saß unauffällig im hinteren Teil eines Seitenschiffs und bemerkte dennoch, daß er häufig angeschaut wurde. Er war groß, dünn und trug einen unfreundlich abweisenden Gesichtsausdruck, und wäre dies ein britischer Film aus den Sechzigern, hätte ihn der Schauspieler Raymond Huntley gespielt. Dieser war schon im wirklichen Leben ziemlich unangenehm und hatte sich in Ausübung seiner Kunst auf die Darstellung schlechtgelaunter Geschäftsleute und wichtigtuerischer Beamter spezialisiert. Treacher war weder das eine noch das andere, aber er war auch kein erfreulicher Anblick. Trotzdem ertappte er einige Frauen (und zwar ganz besonders Frauen) dabei, daß sie sich nach vorne beugten und versuchten, quer über den Gang einen Blick auf ihn zu erhaschen; ein Paar vor ihm murmelte kurz miteinander, dann drehte sich die Frau um und tat so, als würde sie die Architektur bewundern, obwohl sie in Wirklichkeit ihn ansah, während andere Gäste auf diese Täuschung ganz verzichteten und ihn direkt anstarrten.

Das war ihm schon unter normalen Umständen unangenehm genug, aber heute konnte er es noch weniger ertragen, denn er war extra eine halbe Stunde vor Beginn des Gedenkgottesdienstes in die Kirche gekommen, damit ihm der Pfarrer nicht zur Begrüßung die Hand schüttelte. Diese Art überflüssiger geistlicher Jovialität fand Treacher ohnehin geschmacklos, aber an diesem Tag hatte er einen besonderen Grund, ihr aus dem Weg zu gehen. Glücklicherweise war der Pfarrer nirgendwo zu sehen, aber Treacher war trotzdem im Vorraum von einem weiblichen Wachhund aufgehalten worden, wahrscheinlich eine Journalistin, die notierte, wer alles an dieser Gedenkfeier teilnahm. Sie hielt ihm ihr Notizbuch entgegen, damit er sich eintragen konnte.

»Name, Organisation?«

Treacher jedoch war an ihr vorübergehastet, als sei sie eine noch schlimmere Pest als Autogrammjäger. »Unwichtig«, hatte er gesagt und dabei offengelassen, ob er selbst oder die Aufzeichnung seines Namens unwichtig sei.

»Ich werde Sie unter ›und viele andere Freunde‹ eintragen«, hatte sie ihm nachgerufen, obwohl er doch den Verstorbenen überhaupt nicht kannte und nicht einmal seinen Namen wußte.

Er wollte irgendwo ganz abseits sitzen, wo er sehen, aber nicht gesehen werden konnte, und er dachte, eine Bank weit hinten im Seitenschiff sei genau das Richtige, doch je voller die Kirche wurde, desto mehr Aufmerksamkeit schien er zu erregen. Höchst unerfreulich.

In Wirklichkeit starrte kein Mensch Treacher an, höchstens, um davon abzulenken, daß er oder sie jemanden in der Reihe hinter ihm sehen wollte. Hätte er sich in weltlichen Dingen – anders gesagt, im Fernsehprogramm – besser ausgekannt, hätte er auch gewußt, wieso. Hinter ihm saß ein kräftig gebauter junger Mann mit kahlrasiertem Schädel, der eine dunkle Sonnenbrille, einen schwarzen Anzug und ein schwarzes T-Shirt trug und jeden Abend ohne Sonnenbrille und manchmal (viel zu selten, meinten nicht wenige Zuschauer) auch ohne T-Shirt auf den Bildschirmen erschien, wo er in einer Vorabendserie auftrat. Gerade erst vor einer Woche hatte er die Zuschauer damit verblüfft, daß er ohne jede Vorwarnung seine Mutter vergewaltigte, und wenn sich auch in späteren Folgen herausstellte, daß sie schon eine ganze Weile darum gebettelt hatte und in Wirklichkeit auch gar nicht mit ihm verwandt war, so war doch ein Teil der faszinierten Abscheu der Nation an ihm hängengeblieben. Im richtigen Leben war er jedoch, wie er in jeder Talkshow zum besten gab, sanft wie ein Lamm, und tatsächlich hatte er schon wenige Minuten nach dem sexuellen Übergriff auf seine Mutter in der Show eines anderen Senders drei antike Möbel ausgesucht, die er kaufen wollte, wenn er £500,– zur Verfügung hätte.

Treacher hatte von all dem keine Ahnung und bemerkte den jungen Mann erst, als ein Platzanweiser ihn entdeckte und darauf bestand, ihn zu einem exponierteren Platz am Mittelgang zu geleiten. Dort kam er neben einem für seine üble Laune am Arbeitsplatz bekannten Starkoch zu sitzen, der nun jedoch lächelnd zur

Seite rückte, um den muskulösen Schenkeln des Neuankömmlings Platz zu machen. Danach war Treacher zu seiner Erleichterung, aber auch leichten Verwirrung wieder gänzlich unsichtbar und konnte in Ruhe die eintretenden Gottesdienstbesucher betrachten.

Es waren ziemlich viele, die sich immer noch durch die Tür drängten und sogar in einer kleinen Schlange quer über den typischen Londoner Friedhof standen, der mit verwitterten und schmuddeligen Grabsteinen übersät war. Die Schlange wurde an den Seiten von Autogrammjägern und einigen Fotografen belagert, und die schutzlosen Berühmtheiten signierten ergeben, während sie sich in kleinen Schritten der Kirchentür näherten. Ein oder zwei verweigerten die Unterschrift mit dem berechtigten Einwand, dies sei schließlich keine Premiere (eher eine Dernière), die Autogrammjäger hatten jedoch für solche Skrupel nur wenig Verständnis und betrachteten die Ablehnung als böswillig. »Arrogante Schnepfe«, murmelte einer von ihnen und wandte sich von einer gletscherkühlen Nachrichtensprecherin ab. Seine Miene hellte sich aber gleich wieder auf, als er einen DJ entdeckte, den er schon lange für tot gehalten hatte.

Die eng zusammengerückte Schlange bewegte sich langsam die Stufen hinauf.

Wie bei Gedenkgottesdiensten heutzutage üblich, war »eine Feier« angekündigt, und dieses Wort, das Segnung und festliches Begehen verband, war durchaus vorteilhaft: Trauern war nicht obligatorisch, und das war ganz praktisch, denn die betreffende Person war ja auch schon eine Weile tot, und Tränen wären nur Schauspielerei gewesen. Die Bezeichnung Feier erlaubte es den Gästen außerdem, sich in Schale zu werfen, und wenn die Aufmachung auch einigermaßen zurückhaltend war, so sah das Publikum doch eher nach einer Hochzeit als nach einer Trauerfeier aus.

Der Tote Clive Dunlop war ziemlich jung gestorben – mit vierunddreißig, wenn man den Daten auf der Gottesdienstordnung glauben durfte, auch wenn einige der Anwesenden ihn für noch jünger gehalten hatten. Es war auf alle Fälle schockierend, wenn jemand so jung starb, da waren sich alle einig, und jeder Anflug von Geselligkeit wurde den Umständen entsprechend unterdrückt.

Viele der Gäste kannten nicht nur den Verstorbenen, sondern sich auch untereinander, obwohl das bei Beerdigungen und Gedenkgottesdiensten oft nicht leicht zu erkennen ist, da die Begrüßungen stark reduziert werden – der Blick gesenkt, das Lächeln eingefroren, jedes Anzeichen von Freude über die Begegnung oder auch nur gemeinsamer Trauer bis zum Ende der Veranstaltung aufgeschoben – auch wenn der von Berufs wegen aufmunternde Geistliche der Gemeinde ständig versichert, daß sie gar nicht so traurig sein muß.

Es gab allerdings einige Umarmungen mit außergewöhnlichen Grußworten: »Gott segne dich!« zum Beispiel, oder gar ein verzweifelt ausgerufenes »Warum?«, das zweifellos besser auf die Beerdigung gepaßt hätte, die offenbar schon vor etwa sechs Monaten stattgefunden hatte (niemand schien ganz genau zu wissen, wo). Extravagante Schmerzausbrüche waren hier offensichtlich fehl am Platz, auch Geistliche versichern ja immer wieder, daß ein Gedenkgottesdienst eine positive Angelegenheit ist, da doch die negative Seite der Sache schon bei der Beerdigung erledigt worden sei (auch wenn sie sich selten so direkt ausdrücken). Denn wie optimistisch ein Pfarrer sich auch geben mag (und sein Glaube verpflichtet ihn natürlich dazu), eins ist nicht zu leugnen: so fröhlich das spätere Gedenken auch sein mag, eine Beerdigung zieht einen immer ein bißchen runter.

Dennoch sind diskrete Beerdigungen und extravagante Gedenkgottesdienste heute beinahe die Regel, und die Endgültigkeit des Todes wird gemildert, indem man sie über zwei Etappen ausbreitet. »Es wird ja noch eine Gedenkfeier geben«, sagen die Leute und entschuldigen damit ihre Abwesenheit bei der emotional anstrengenderen (und gesellschaftlich weit weniger interessanten) Beerdigung. Und heutzutage bekommt jeder, der irgend jemand war – und oft auch jene, die niemand waren – eine Gedenkfeier.

Ob Clive jemand war? Schwer zu sagen, obwohl die vielen Berühmtheiten, die immer noch hereinströmten, zumindest den Eindruck erweckten, er habe »sehr gute Verbindungen« gehabt.

Es war ein Fehler, eine solche Veranstaltung eine Feier zu nennen, fand Treacher, denn das konnte womöglich als Freibrief für ausgelassenes Treiben aufgefaßt werden. Der heutige Anlaß bot zum Beispiel ein Solo für Saxophon, was kein gutes Zeichen war, und Treachers Mißtrauen bestätigte sich, als ein junger Mann in der ersten Reihe Platz nahm, die Gottesdienstordnung auf die Ablage an der Vorderbank legte und seine Zigaretten und sein Feuerzeug daneben plazierte.

Die jüngst geadelte Romanschriftstellerin saß zwar eine Bank weiter, aber ihre Miene hellte sich auf. »Sie können ruhig rauchen«, flüsterte sie.

Ihr Begleiter schüttelte den Kopf. »Ich glaube nicht.«

»Aber ich sehe kein Verbotsschild. Oder ist das eins?«

Sie suchte nach ihrer Brille und blinzelte ein Symbol an, das an einer der Säulen zu sehen war.

»Ich glaube«, sagte ihr Begleiter, »das ist eine der Stationen des Kreuzwegs.«

»Ach wirklich? Auf jeden Fall bin ich ganz sicher, daß am Eingang ein Aschenbecher stand.«

»Das war Weihwasser.«

Angesichts solcher Details, sonst eher in katholischen Etablissements zu finden, war es kaum verwunderlich, daß einige der Kirchgänger nicht ganz sicher waren, welcher Konfession dieses Gotteshaus zuzurechnen war. Tatsächlich handelte es sich um eine anglikanische Kirche, allerdings der Hochkirche durchaus benachbart.

»Ich rieche Weihrauch«, sagte ein gefürchteter Fernsehinterviewer zu seiner Freundin, einer Schauspielerin. »Sind wir hier in einer katholischen Kirche?«

Sie hatte einmal in einem Film mit John Mills einen Priester erstochen, kannte sich also aus. »Ja«, sagte sie überzeugt.

In diesem Moment ging ein rundlicher Mann im Talar durch den Altarraum, um ein Buch von der ersten Bank zu nehmen, und verbeugte sich auf dem Weg in Richtung des Altars.

»Hast du das gesehen?« fragte der Interviewer. »Die Verbeugung? Das gehört zu ihren Spielregeln. Obwohl mir das hier ein bißchen nach Mischmasch aussieht. Aber das liegt ja heutzutage ganz im Trend. Ökumenikalismus. Habe mich mal mit dem Papst darüber unterhalten. Ganz reizender Mensch.«

»Ich habe die Beerdigung leider verpaßt«, flüsterte eine Frau ihrer sehr flüchtig bekannten Nachbarin zu. »Ich wußte nicht einmal von seinem Tod.«

»Ich war auch nicht da«, flüsterte die Nachbarin zurück. »War, glaube ich, nur im Familienkreis. Woran ist er denn gestorben?«

Der Auftritt eines bekannten Schauspielers der Royal Shakespeare Company, der, demütig gebeugt, auf einen freien Platz in der ersten Reihe glitt, unterbrach ihr Gespräch. Es wurden jedoch ganz ähnliche Unterhaltungen an verschiedenen Stellen der Kirche geführt. Auch andere Menschen fragten sich, wieso sie nicht bei einer Beerdigung waren, die doch ganz oben in ihrem Terminkalender hätte stehen müssen. Hatte sie vielleicht irgendwo in der Provinz stattgefunden – das würde ihr Fehlen entschuldigen – oder auf irgendeinem obskuren Friedhof im südlichen London … Sydenham vielleicht, oder Catford: Orte, die jede Freundschaft auf eine echte Probe stellten?

Tatsächlich war der Verstorbene in Peru beerdigt worden, was nur sehr wenigen unter den Anwesenden bekannt war, wenn sich auch im unterdrückten Murmeln vor Beginn des Gottesdienstes diese Neuigkeit und die damit einhergehende Unruhe verbreiteten. Vielleicht wurde die Frage »Woran ist er denn gestorben?« aus Taktgefühl nur selten gestellt, und wenn doch, bestand die Antwort meist nur aus einem fragenden Blick, der suggerierte, daß diese Frage besser ungestellt bleiben sollte; oder aus einem traurigen Lächeln, das andeutete, Clive sei nicht so sehr einem bestimmten Leiden zum Opfer gefallen, sondern der allgemeinen Tragödie des Lebens.

Unausgesprochen oder nicht: die unklaren Umstände, der ferne Ort und die schockierende Unzeit seines Todes senkten eine düstere, ja angespannte Atmosphäre über das Kirchenschiff. Die Gespräche waren mürrisch und gedämpft; die Gedanken der meisten Leute schienen um sich selbst zu kreisen. Die wenigsten von ihnen gingen regelmäßig in ein Gotteshaus und betraten eine Kirche nur bei Gelegenheiten wie dieser, welche sich, wie hier und dort mit Bedauern bemerkt wurde, »in letzter Zeit anscheinend immer öfter« ergaben.

Für Treacher war die Sache ziemlich klar, als er die Einzelheiten von seinem Faltblatt ablas. Ein alleinstehender Mann, der jung gestorben war. Vierunddreißig. Heutzutage gab es da kein großes Geheimnis.

»Er hat mir erzählt, daß er dreißig war, der Schlingel«, sagte eine der zahlreichen gepflegten Damen, die sich den Hals verrenkte, um zu sehen, wer noch alles hereinkam. »Aber so war er eben.«

»Ich hätte ihn für noch jünger gehalten«, sagte jemand anderes. »Aber er hat auch sehr auf sich geachtet.«

»Anscheinend nicht genug«, sagte ihr Ehemann, den die bedrückte Stimmung seiner Frau überraschte. »Ich habe nie begriffen, wo er sein Geld herbekam.«

Wer sich die versammelten Berühmtheiten in der Trauergemeinde ansah, der konnte nicht umhin zu denken, daß Clive ein Gesellschaftslöwe gewesen sein mußte. Das stimmte allerdings nicht ganz, und die rätselhafte Ansammlung bekannter Namen und Gesichter war weniger ein Anzeichen für seinen großen Freundeskreis als vielmehr für seine große Diskretion.

Es stimmte, daß viele der Anwesenden einander kannten und daß praktisch alle Clive kannten. Aber nicht alle wußten, daß auch die anderen Clive kannten, und begriffen erst allmählich, als sie sich hingesetzt und ein bißchen umgesehen hatten. Bei den meisten Gedenkgottesdiensten herrscht diese Atmosphäre von unterdrückter Wiedersehensfreude, doch diesmal kam noch das Überraschungsmoment hinzu, denn die meisten hatten geglaubt, sie würden zu einem kleinen, auserwählten Kreis gehören.

Daß dem nicht so war, ließ die Überraschung bei vielen in Irritation umschlagen. Oder wie sich eine gnadenlos scharfzüngige australische Autorin ihrem Begleiter gegenüber ausdrückte: »So ein hinterhältiger Drecksack!«

Demonstrative Bescheidenheit war angesagt. Ein international gefragter Architekt, der sich erst vor kurzem für ein undichtes Dach an einem seiner Flughäfen verantworten mußte, ging den Mittelgang entlang und wartete am Ende einer Bankreihe, bis jemand für ihn aufrückte. Seine Selbstverleugnung und der gesenkte Blick signalisierten, daß er ein bedeutender Mann war, der sich aber durch die Umstände des Augenblicks zur Demut gezwungen sah, und der in einem Deckenfresko (allerdings mit Sicherheit nicht an einer seiner Decken) als allegorische Figur »Ruhm, dem Tod den Vortritt lassend« hätte dargestellt werden können.

»Erkennt mich nicht«, sagte sein Blick. »Ich bin nur hier, um zu trauern.«

Im Vergleich zu den Serienstars zählte seine Berühmtheit ohnehin kaum. Der Kreis der Berühmten ist in England nämlich eher klein. Während sich der Ruhm in Amerika über alle Klassen- und Standesschranken hinweg erstreckt, wo sich Anwälte neben Musikern, Politiker neben Film- und Bühnenstars tummeln, ist die Berühmtheit in England – Fernsehen ausgenommen – in Schubladen unterteilt, und das *Who's Who* sagt einem manchmal gar nicht, wer nun wer ist. Hier also erkannte der Ruhm bisweilen nicht die Reputation und Schönheit nicht Verdienst.

Ein hoher Beamter im Finanzministerium beispielsweise saß neben einer Frau, die ständig ihren Schminkspiegel zu Rate zog, und ihre Fähigkeiten als fröhliche Quizmoderatorin gingen an ihm ebenso vorüber wie seine fiskalischen und mathematischen Kenntnisse an ihr. Welten prallten ohne erkennbare Wirkung aufeinander, und während die wenigen anwesenden Anwälte die Politiker und einige der höheren Beamten kannten, wußten sie doch allesamt nichts mit dem freundlichen Witzbold anzufangen, der unwillige Gäste bedrängte, ihre nicht gerade verschämten Geständnisse für eine nächtliche Fernsehsendung zum besten zu geben. Die Fernsehgärtner kannten die Leinwandlieblinge, aber keiner von diesen konnte einen Mann einordnen, der »ganz oben in der Bank von England« anzusiedeln war (»und der Fensterputzer ist es nicht«, flüsterte jemand, der ihn einordnen konnte).

Sehr viel Aufsehen erregte jedoch ein Popmusiker, der schon einmal in einem Kleid zu sehen gewesen war, heute jedoch einen Anzug von umwerfender Zurückhaltung und Schlichtheit trug, die nur durch die mit Diamanten besetzte Brosche ein wenig gemildert wurde, die einmal Katharina der Großen gehört hatte und die von einem Wachmann begleitet wurde – darauf hatte die Versicherung bestanden. Dieser stiernackige junge Mann lümmelte sich in eine Kirchenbank und säuberte seine Fingernägel. Glücklicherweise hatte er schon einen Hauptverdächtigen lokalisiert: den *Waynflete*-Professor für Moralphilosophie an der Universität Oxford, der zwar ein äußerst furchtsamer Mensch war, dem aber die Schurkerei förmlich ins Gesicht geschrieben stand.

Vor dem Professor saß ein Mitglied der Regierung, das zu seinem Schrecken auf der anderen Seite des Ganges seinen Staatssekretär entdeckte.

»Ich wußte gar nicht, daß Sie Dunlop kannten«, sagte der Minister am nächsten Tag, als sie sich durch eine Sitzung zum Ausstoß von Kohlenmonoxiden quälten.

»Oh, ich kannte ihn noch von ganz früher«, sagte der Staatssekretär unbestimmt.

»Ja, ich auch«, antwortete der Minister. »Ganz früher.«

In Wirklichkeit hatte der Minister Clive erst jüngst kennengelernt, kurz nach seiner Ernennung nämlich, aber dieses »Ganz früher«, hinter dem sie sich beide verschanzten, lag so weit zurück und war so vage, daß alles, was passiert sein mochte, von ihrer damaligen Jugend und den Sitten der Zeit entschuldigt werden konnte. »Ich kannte ihn in den Sechzigern«, hätte wohl das Gleiche angedeutet, aber dafür war Clive zu jung gewesen.

»Irgendwann«, murmelte der Minister, »müssen Sie mich mal beiseite nehmen und mir den Unterschied zwischen Kohlenmonoxid und Kohlendioxid erklären. Eine Menge Stars, fanden Sie nicht?«

Es war tatsächlich eine bemerkenswerte Ansammlung von Prominenz, wobei Gelehrsamkeit, Wohltätigkeit und wirkliche Auszeichnung sich mit der Glitzerwelt des bloß Angesagten mischte, so daß man diese strahlende und doch ein wenig halbseidene Menge mit ein wenig künstlerischer Freiheit als England im Kleinen bezeichnen mochte.

Und als »sehr englische Veranstaltung« beschrieb die Reporterin des *Daily Telegraph* die Veranstaltung denn auch am nächsten Tag. Obwohl sie das kaum beurteilen konnte, denn bis zum Beginn des Gottesdienstes war sie gar nicht erst geblieben. Gerade notierte sie die Namen der letzten Nachzügler, schnappte sich einen Ablaufzettel und ging ins Designmuseum, um mit einem Kollegen Mittag zu essen.

»Diese Veranstaltungen«, sagte sie bei den *Œufs en Gelée*, »sind doch alle gleich. Wie eine traurige Cocktailparty ohne Drinks.«

Diesmal jedoch, stellte sich heraus, wurde alles ganz anders, und daher wurde sie gefeuert. Aber das Mittagessen war sehr nett.

Auch der junge Pfarrer, der den Gottesdienst halten sollte – Pater Geoffrey Jolliffe – dachte bei sich, daß diese Veranstaltungen für gewöhnlich sehr englisch waren.

Pater Jolliffe war zwar Anglikaner, hatte aber starke römisch-katholische Neigungen, die nicht so sehr die Lehre als vielmehr das Zeremoniell und ganz sicher den Kleidungsstil betrafen. Er war zugänglich, gesellig und rundlich, und der weite Mantel, den er gewöhnlich trug, stand ihm gut: ein Pfarrer mit dem gewissen schwungvollen Etwas. Seine erste Pfarrstelle war in einer sehr heruntergekommenen Gemeinde gewesen, und »dort mögen sie so etwas«, meinte er, und da er so etwas auch mochte, kam er als Pfarrer sehr gut an. Daß er das Abendmahl »Heilige Messe« und sich selbst »Pater Jolliffe« nannte, störte niemanden. Auch seine derzeitige Gemeinde, St. Andrew Upchance, zwischen Shoreditch und Londoner City gelegen, war nicht gerade reich zu nennen, aber er hatte sich viel Mühe gegeben, sie »auf den rechten Weg zu bringen«, und diese erfolgreichen Bemühungen waren in der Diözese nicht unbemerkt geblieben, wo man von ihm als dem kommenden Mann sprach.

Es gab in der Tat einige Pfarrerkollegen, die fanden, er trage »ein bißchen dick« auf, aber dem hielt er entgegen, es gebe »viel zu wenig ›zu dick‹ heutzutage«, und da er mitreißend predigen konnte und ansonsten in Lied und Liturgie eher altmodischen Geschmack zeigte, hielt es seine große und treue Gemeinde anscheinend gut mit ihm aus.

Bei seinen Gottesdiensten bestand diese gewöhnlich aus mehr Frauen als Männern, aber daß es heute anders war, überraschte Pater Jolliffe nicht besonders. Einige dieser Männer hatten Clive offensichtlich nahegestanden, aber davon abgesehen mußte man Männer zum Besuch von Beerdigungen und Gedenkgottesdiensten seiner Erfahrung nach weniger überreden als zu einem normalen Kirchgang (oder sogar Theaterbesuch). Da Männer selten Dinge tun, die sie nicht tun wollen, hatte er sich gefragt, was wohl der Grund sein mochte. Er hatte sich für die Erklärung entschieden, daß die Begegnung mit Toten immer eine gewisse Herablassung erlaubte: das Schicksal hatte den Verstorbenen deutlich gezeigt, wo sie hingehörten, nämlich ins Grab, und wie überschwenglich auch die Lobreden ausfallen mochten, die bei solchen Gelegenheiten gehalten wurden, es war nicht zu leugnen, daß die Lebenden eindeutig besser dran waren, und das schien besonders Männern zu gefallen.

Sonst fröhlich und entgegenkommend, war Pater Jolliffe heute sehr mit sich selbst beschäftigt. Er hatte Clive persönlich gekannt, weshalb auch seine etwas abgelegene Kirche heute Schauplatz dieses Gottesdienstes war. Sein Tod war eine unerfreuliche Überraschung gewesen, denn wie viele Anwesende hatte er nicht einmal gewußt, daß Clive krank war. Der Tod war natürlich Grund zur Trauer, »eine geteilte Trauer«, wie er es in seiner Predigt ausdrücken wollte, aber für ihn und andere Gäste der Trauerfeier war er ebenso Grund zu einiger Sorge (auch wenn er das ganz bestimmt nicht so ausdrücken wollte).

Auch wenn er angespannt war, so wollte er sich das im Laufe der Vorstellung auf keinen Fall anmerken lassen. »Und ein Gottesdienst«, wie er unlängst vor einem Auswahlgremium der Diözese betont hatte, »ist eine Vorstellung. Eine fromme, ehrliche und von ganzem Herzen unserem Herrn gewidmete Vorstellung, aber eben doch eine Vorstellung.«

Das Gremium war im großen und ganzen sehr beeindruckt gewesen.

Zufällig war die Rede auch auf Gedenkgottesdienste gekommen, und Pater Jolliffe hatte einen zarten kleinen Schauer unterdrückt und sich solche Anlässe als »Herausforderung« bezeichnen hören. Als man ihn aufforderte, das näher zu erläutern, unterbreitete er dem Komitee seine Vorstellung von einer Gemeinde in der Kirche Versammelter, die selbst glaubten, nur wegen des Andenkens an einen geliebten Verstorbenen dort zu sein, die aber gleichzeitig (auch wenn sie es selbst gar nicht wußten) nach Hoffnung und Stärkung dürsteten, deren Verteilung der Kirche oblag. Auch das war beim Komitee gut angekommen, obwohl die meisten von ihnen und auch Pater Jolliffe selbst wußten, daß es Blödsinn war.

In Wirklichkeit waren Gedenkfeiern ein Greuel. Mochte die gewohnte sonntägliche Gemeinde in der Zahl oft zu wünschen übrig lassen, so waren diese Menschen doch in der Kirche, weil sie dort sein wollten oder zumindest meinten, dort zu sein zu müssen. Sicherlich dachte Pater Jolliffe sonntags oft, wenn er von der Kanzel auf seine Gemeinde hinabblickte, daß Gott für sie nicht mehr als ein Zeitvertreib war; daß diese Leute eben Kirchgänger waren, so wie andere Taubenzüchter oder Briefmarkensammler – höflich, leicht exzentrisch und auf der Suche nach Halt und Ordnung im Leben. Aber wenn auch die Glaubensintensität dieser regelmäßigen Gemeindemitglieder von glühender Frömmigkeit bis zu bloßem bürgerlichem Pflichtgefühl reichte, so waren sie doch von gleichem Geist: sie hatten sich versammelt, um Gott zu ehren, und mochte die Sicherheit des Glaubens an diesen Gott auch höchst unterschiedlich sein, so spielte die Glaubensfrage an sich doch selten eine Rolle.

Bei einem Gedenkgottesdienst, und noch dazu bei einem von so viel Intelligenz besuchten, war die Anwesenheit Gottes eher peinlich, und sein erster Blick auf die Gemeinde erinnerte Pater Jolliffe daran. Er hatte sein Gottesdienstbuch auf seinem Sitz liegen lassen, und als er durch den Altarraum eilte, um es vor dem Umziehen zu holen, hatten ihn die Kirchenbänke voller murmelnder Trauergäste doch etwas überrascht. Die wenigsten Anwesenden hatten beim Hinsetzen kurz den Kopf zum Gebet geneigt oder wußten überhaupt, daß es so Sitte war (jedenfalls früher einmal). Kaum jemand kannte wahrscheinlich die Kirchenlieder, und noch weniger Menschen die Gebete. Und doch mußte er in wenigen Minuten vor sie hintreten und sie darum bitten, sich mit ihm auf die Täuschung einzulassen, daß sie alle an Gott (oder sonst irgendwas) glaubten und daß es gar ein Leben nach dem

Tode gebe. Was er dem Komitee gesagt hatte, stimmte also: es war eine Herausforderung, denn die meisten von ihnen betrachteten das als Beleidigung ihrer Intelligenz.

Treacher war gespannt, wie Pater Jolliffe mit diesem Dilemma fertig wurde. Das war sogar der eigentliche Grund, warum er just an diesem Vormittag in der Kirche von St. Andrews saß. Es gab verschiedene Wege, dieses Problem zu lösen, und der beste war nach Treachers Ansicht, es gar nicht lösen zu wollen, sondern es im Gegenteil zu ignorieren, denn ein Pfarrer konnte mehr Respekt erheischen, wenn er die Gemeinde ohne Erklärung oder Entschuldigung durch den Gottesdienst führte. Dem lag die stillschweigende Übereinkunft zugrunde, daß alle Anwesenden an Gott glaubten, und wenn nicht, doch zumindest so taten, als ob, wie es sich in seinem Haus schließlich geziemte. Diese kompromißlose Methode erschwerte es dem Geistlichen allerdings, jene freundschaftliche, informelle Atmosphäre zwischen ihm und der Gemeinde zu erzeugen, die bei solchen Gelegenheiten nötig schien. Für Treacher war das jedoch kein Nachteil. Er war selbst Geistlicher, wenn auch heute in Zivil, und eine freundschaftliche Beziehung zwischen Pfarrer und Gemeinde hatte für ihn nie einen hohen Stellenwert besessen.

Pater Jolliffe wäre da ganz anderer Ansicht gewesen. »Egal, was sie sonst noch alles sein mag«, hatte er vor dem Komitee gesagt, »zuallererst ist die Gemeinde ein Publikum. Und ich bin der Alleinunterhalter. Ich muß sie für mich gewinnen.« Noch so eine kühne Einschätzung, die ins Schwarze getroffen hatte, allerdings auch ein wenig Gelächter, vor allem aber weises Kopfnicken von allen Seiten hervorgerufen hatte. Nicht jedoch von Erzdiakon Treacher, der als Mitglied der geistlichen Hierarchie von Gemeinden überhaupt schwer zu begeistern war. Treacher (mit seinem nadelspitz geschärften Bleistift) war das einzige Mitglied der Kommission, das Pater Jolliffe nervös gemacht hatte (der Bischof war reizend), und deshalb war es nur gut, daß er dank Treachers Vorsicht keine Ahnung von der Anwesenheit des Kirchenoberen hatte.

Das Schlimmste, was ein Pfarrer Treachers Ansicht nach bei einer solchen Feier tun konnte – und er war ziemlich sicher, daß

Jolliffe in genau diese Falle tappen würde – war, gleich zu Beginn anzuerkennen, daß die Gemeinde (oder die »Freunde«, wie sie manchmal gar genannt wurden) vielleicht nicht an all das glaubten, was die Lieder und Gebete ausdrückten, aber daß sie sich deshalb keinesfalls zu genieren brauchten, sondern das durch entsprechende eigene Gefühle kompensieren sollten. (»Ich glaube dieses Zeug zwar, aber Sie müssen nicht.«) Da nach Treachers Erfahrung nur wenige in der Kirche die entsprechenden Gefühle oder gar Glaubensgrundsätze zur Hand haben mochten, war die Folge, daß die Gemeinde bei den Gebeten – wenn sie überhaupt an irgend etwas dachte (was er bezweifelte) – bloß versuchen würde, sich ein Bild des Verstorbenen vor Augen zu rufen, das vielleicht eine Träne quellen ließ.

Es ließ sich nicht von der Hand weisen, daß Treachers Pessimismus begründet war. Ein Blick auf die Gottesdienstordnung sagte ihm, daß es außer einem Saxophonsolo auch noch eine Sangesdarbietung geben würde: ein populärer Bariton aus der Londoner Oper sollte *Some Enchanted Evening* singen. Bei solchen Attraktionen im Angebot fürchtete Erzdiakon Treacher, daß auf liturgische Strenge wenig Wert gelegt würde.

Pater Jolliffe hatte noch gar nicht entschieden, welche Richtung er der Feier geben wollte (»welchen Ansatz der Pfarrer wählen sollte«), obwohl er doch inzwischen in der Sakristei in seinen Talar gekleidet wurde. Aber er war noch nie besonders methodisch vorgegangen, und der Entwurf seiner Predigt bestand oft nur aus ein paar Stichworten oder Überschriften auf der Rückseite der Abkündigungen; diesmal hatte er allerdings sogar darauf verzichtet und wollte sich, wie er es nannte, »beflügeln lassen«. Das war weniger nachlässig, als es klang, denn er glaubte wirklich, daß dieses »Beflügeln« mit göttlichem Wirken zu tun hatte. Nie hatte er ernsthaft darüber nachgedacht, aber er hatte das Gefühl, diese Flügel waren von Gott gesandt, vielleicht die eines Engels, oder eine andere Ausgabe der Flügel, die »der gnädige Gott« Sonntag für Sonntag über die den Herren lobende Gemeinde ausbreitete.

Er verließ die Sakristei durch die Hintertür und ging um die Kirche herum zum Westtor, wo sich der Chor bereits versammelt hatte. Als er sein Amt in St. Andrews angetreten hatte, wurde die Prozession zu Beginn des Gottesdienstes seltsamerweise von der Sakristei aus gestartet, um sich dann umständlich um die Kanzel und in den Altarraum emporzuschlängeln. Pater Jolliffe spürte, daß dieses Vorgehen nicht theatralisch und wirkungsvoll genug war, und eine seiner ersten Neuerungen war der dramatischere, kühnere Einzug von Chor und Pfarrer, indem er die Prozession durchs Westtor und dann den Mittelgang entlang lenkte.

Eigentlich sollte die Prozession von einem Kreuzträger angeführt werden, der das Prozessionskreuz trug (eine weitere Neuerung), aber da heute ein Werktag war, konnte Leo, der Kreuzträger, nicht frei bekommen. Leo, ein kräftig gebauter junger Mann, war Busfahrer, und darauf war Pater Jolliffe durchaus stolz und erwähnte ihn ab und zu auf den Versammlungen seiner Diözese als aktuelle Version der Berufung der Jünger (»Matthäus war also Zöllner. Na wenn schon. Unser Kreuzträger ist zufällig Busfahrer.«). Auch wenn Leo viel lieber mit dem Kreuz in der Hand den Gang entlanggeschritten wäre, als am Steuer der Linie 74 im Schrittempo die Putnam High Street hinaufzukriechen – seit der Privatisierung des öffentlichen Nahverkehrs war an Freistellung wegen kirchlicher Verpflichtungen nicht mehr zu denken. »Glaub mir, mein Sohn«, pflegte sein Vorgesetzter zu sagen, »wenn dann der Ramadan kommt, sitzen unsere Sikh- und Hindubrüder, aus denen unsere Belegschaft schließlich zum beträchtlichen Teil besteht, drüben in der Moschee, wo wir sie doch hier im Busbahnhof brauchen. Ich habe auch religiöse Empfindungen, und meine Schwägerin wäre beinahe Nonne geworden, aber tut mir leid, da kann ich nichts machen.«

Doch wenn es der Prozession auch vorne an einem würdigen Träger mangelte, wimmelte es doch hinten von Würdenträgern, denn außer Pater Jolliffe nahmen noch zahlreiche weitere Geistliche am Gottesdienst teil, einer von ihnen sogar ein Suffraganbischof. Pater Jolliffe kannte keinen von ihnen persönlich, und sie kannten sich anscheinend auch untereinander nicht, aber alle kannten offenbar Clive. Sie trugen zwar alle ihre festlichen Gewänder, hatten jedoch keine offizielle Funktion bei der Feierlichkeit (und wurden im Artikel des *Daily Telegraph* als »in vollem

Ornat im Altarraum« beschrieben); dennoch brachten sie ein bißchen Glanz in die aufgereihte Geistlichkeit, die nun auf ihren Einmarsch in Richtung Chor wartete.

Der Organist spielte derweil ein Arrangement von Samuel Barbers Adagio für Streichquartett, das viele Anwesende sichtlich genossen, weil sie es von den häufigen Sendungen im Klassikradio kannten. Da ein Ende des Stückes für Pater Jolliffe nicht in Sicht war, drückte er auf einen Knopf hinter einer Säule, um dem Organisten anzuzeigen, daß sie nun bereit seien. Das Barber-Adagio wurde abrupt und wenig feierlich beendet, aber niemand bemerkte es, da das unvorhergesehene Ende im Klassikradio an der Tagesordnung war.

Von hinten erklang nun Pater Jolliffes Stimme: »Würden Sie sich bitte erheben«, und die Gemeinde stand scharrend auf. »Wir wollen nun gemeinsam das erste Lied auf Ihrem Blatt singen, ›Des Herren Liebe kennt kein Ende‹.«

Früher einmal hätte er nur das Lied ansagen müssen, und schon wären alle aufgestanden. Beim Singen steht man, beim Beten kniet man. Heutzutage war die Regel: Beim Beten sitzt man, beim Singen schaut man, was die anderen machen. »Liebe«, ermahnte Pater Jolliffe sich selbst. »Wir müssen einander lieben.«

Jetzt folgte der Rest der Geistlichkeit dem Chor durch den Mittelgang, und Pater Jolliffe ging am Ende und sang ohne einen Blick in sein Gesangbuch, denn er kannte die Lieder längst auswendig, was ihm erlaubte, aus voller Brust zu singen und gleichzeitig professionell liebevolle Blicke nach rechts und links zu werfen, sein rosiges und großzügiges Gesicht strahlte gesetzte Gutmütigkeit aus.

Er wußte immer noch nicht, wie seine einleitenden Worte lauten würden, und verließ sich darauf, daß ihm schon etwas über den Weg laufen würde. In gewisser Weise war das sein stärkster Glaube an Gott: dieses Vertrauen, daß er ihm im entscheidenden Moment die Worte in den Mund legen werde. Als er durch die Reihen der Gemeinde schritt, die das Kirchenlied mehr schlecht als recht interpretierte, fiel ihm auf, daß sie eher an ein Publikum als an eine Kirchengemeinde gemahnte – smart, welterfahren und sicherlich in der Erwartung, daß er sie mit Gott weitgehend verschonen werde. Das mißfiel ihm ein wenig, denn obwohl er ein moderner, aufgeschlossener Pfarrer war und sich selbst und anderen allzuviel nachsah, war sein Glaube doch noch echt, wenn auch sehr geschmeidig und von so viel Ironie durchzogen, daß Gott selbst bisweilen ebenso zur Zielscheibe wurde wie der Erzbischof von Canterbury (den er im stillen »Das alte Kartoffelgesicht« nannte). Dennoch mochte er nicht gern seinen Glauben nach den Wünschen des Publikums richten, und nicht zum ersten Mal wünschte er sich, ein richtiger, anständiger Katholik zu sein, dann hätte er mit solchen Problemen nicht zu kämpfen. Pater Jolliffe hatte einiges an der englischen Reformation auszusetzen, unter anderem dies: daß das Gefühl in den Gottesdienst Einzug gehalten hatte und man nicht mehr einfach nur die Worte sprechen konnte, sondern sie auch empfinden und meinen mußte.

Mit diesen Gedanken waren die Prozession und er selbst zum Altarraum gelangt, wo der Chor im Gestühl Platz nahm und die Geistlichen sich darum gruppierten, während vom Lied noch zwei Strophen übrig waren. Das gab Pater Jolliffe die Gelegenheit, nachzudenken, was er über Clive sagen sollte und was er besser nicht sagen sollte.

Clive war Masseur gewesen; das war kein Geheimnis. Er konnte sehr gut massieren, und seine Fähigkeiten gingen über die rein physische Behandlung hinaus. Viele seiner Patienten führten das auf die Wärme zurück, die aus seinen Fingern zu strömen schien und für die es keine schulmedizinische Erklärung gab. »Er hat heilende Hände«, beteuerten manche, und andere (etwas mystischer veranlagt) meinten: »Er hat die Kraft.«

Daß Clive schwarz war (obwohl von eher blasser Hautfarbe), hielten manche für den Grund dieser heilenden Kräfte, denn seine ethnische Zugehörigkeit bedeutete (obwohl in Bethnal Green, London, geboren und aufgewachsen), daß er näher an seinen Wurzeln war als seine Kunden, und daß er Zugang zu uraltem Wissen hatte, das ihnen längst verlorengegangen war. Clive selbst widersprach diesen mystischen Spekulationen zwar nie, aber er selbst hatte keinerlei Illusionen dieser Art, auch wenn das Lendentuch, das er manchmal als einziges Kleidungsstück beim Massieren trug, knapp genug war, allerlei primitive Assoziationen zu wecken.

Die Hitze, die seine Kunden spürten, war jedoch kein Trick. Als kleiner Junge war Clive Berührungen stets ausgewichen, weil ihm diese körperliche Eigenschaft peinlich war. Ein Wendepunkt in seinem Leben kam, als er erkannte, daß diese Eigenschaft keine Last, sondern eine Gabe war, und ein weiterer, als ihm klar wurde, daß sie sich auch noch vermarkten ließ. So wurde das Handauflegen sein Lebensinhalt.

Aber das war natürlich nicht alles. Auch wenn Clive großen Wert darauf legte, die Massage nie wegzulassen, war sie doch für einige seiner Kunden nur das Vorspiel für eine längere und intimere Begegnung, die verständlicherweise auch ein bißchen teurer zu stehen kam. Pater Jolliffe blickte über die Gemeinde hin und fragte sich, welche von ihnen wohl nur als dankbare Patienten hier waren, deren Schmerz Clive mit seinen Händen gelindert hatte, und wer sich heute mit Wohlgefallen an eine ganz andere Art der Linderung erinnerte, und welche von diesen wohl so nervös wie er selbst waren, wenn sie sich vorstellten, was der Tote ihnen hinterlassen haben mochte.

Das Lied war zu Ende, und Pater Jolliffe sagte: »Setzen Sie sich bitte«, wartete einen Moment, bis alle sich zurechtgerückt hatten, und begann dann mit seinen einleitenden Worten. Und sagte gleich zu Beginn etwas, was er eigentlich gar nicht preisgeben wollte.

»Bei solchen Gelegenheiten«, sprach er, »sagt der Pfarrer am Anfang der Feier meistens ein paar entschuldigende Worte, weil er den Verstorbenen gar nicht richtig kannte oder jedenfalls viel schlechter als die Gemeinde. Ich brauche mich nicht zu entschuldigen. Ich kannte Clive, und wie die meisten von Ihnen, nehme ich an, liebte ich ihn und schätzte seine Freundschaft sehr – warum sonst sind wir alle hier?«

Treacher war ganz bestimmt nicht aus diesem Grund hier, und er machte eine ordentliche kleine Notiz auf der Rückseite seines Faltblatts.

Pater Jolliffe war höchst überrascht von sich selbst. Nur wenige Menschen in der Trauergemeinde wußten, daß er Clive kannte, und aus verschiedenen Gründen – unter anderem kluge Vorsicht – hatte er nicht vorgehabt, es auszuplaudern. Nun hatte er es getan und mußte das Beste daraus machen, was nicht ganz einfach sein würde, weil er so viele Dinge nicht sagen durfte.

Meistens lebte Geoffrey (und in gewissen Zusammenhängen ist es passender, ihn Geoffrey und nicht Pater Jolliffe zu nennen), meistens lebte Geoffrey zölibatär, auch wenn er das nicht für eine besondere Tugend hielt, denn ihm war klar, daß es eher mangelnde Gelegenheit als bewußte Enthaltsamkeit war, die ihn partnerlos machte; und dazu kam eine gewisse furchtsame Zurückhaltung in bezug auf Sex, die ihn, trotz (leichter) moralischer Bedenken, eine offensive Promiskuität, wie Clive sie an den Tag legte, als geradezu heldenhaft bewundern ließ. Auch wenn diese Selbstsicherheit für Clive ebenso natürlich war wie für Geoffrey seine Zurückhaltung, und auch wenn Clive natürlich viel besser aussah und nicht von ständigen Gedanken an Gott belastet wurde (ohne sich dabei allzu lächerlich zu machen), wußte Geoffrey doch, daß er in einer Eins-zu-eins-Situation, wie man heute zu sagen pflegte, immer eher schüchtern war, so daß ihm weniger schüchterne Männer wie Clive wie tapfere Krieger vorkamen und ihre Kühnheit, wie lasterhaft sie auch sein mochte, ihm eher eine Tugend schien als seine eigene Verzagtheit.

Geoffrey hatte selbst beobachtet, wie bedenkenlos Clive sein konnte. Auf dem Weg zum Mittagessen in der Farringdon Road (eine Straße, die Geoffrey niemals mit fleischlichen Gelüsten in Verbindung gebracht hätte) hatte Clive einen männlichen Blick aufgefangen, den Geoffrey nicht einmal bemerkt hatte, war schlüpfrig wie ein Fisch davongeglitten und hatte Geoffrey allein essen und niedergeschlagen nach Hause gehen lassen, wo er dann selbstverständlich später aufgetaucht war und einen Bericht seines mittäglichen Abenteuers gegeben hatte. Natürlich war Clive nicht wählerisch, wie hätte er sonst mit Geoffrey im Bett landen können, doch wenn diese sehr sittsamen Episoden auch für Clive kaum als Sex gezählt haben konnten, waren sie für Geoffrey körperlich genug, daß er sich bei der Nachricht von Clives Tod unwohl zu fühlen begann.

Da Pater Jolliffe zum »anglo-katholischen« Zweig seiner Kirche gehörte, praktizierte er auch die Ohrenbeichte und sprach dabei ganz offen über seine Neigungen, was durch die Wahl des Beichtvaters erleichtert wurde: ein Geistlicher, der, wie er wußte, »damit kein Problem hatte«, sogar selbst seine Vorlieben teilte und sie daher auf der Rangliste der möglichen Verfehlungen ganz unten plazierte. In dieser Hinsicht hatte er ohnehin nie besonders viel zu beichten, und jetzt, wo Clive nicht mehr da war, würde es noch weniger werden.

Jemand hustete. Die Gemeinde wartete, und obwohl man verstand, daß Pater Jolliffe – der sich in Wirklichkeit den Kopf zerbrach, was er sagen konnte und was besser nicht – die Pause brauchte, um seine persönlichen Erinnerungen zuzulassen oder gar seiner Gefühle wieder Herr zu werden, so hatte man doch nicht den ganzen Tag Zeit.

Pater Jolliffe stolperte also weiter, und plötzlich fand er den richtigen Tritt. »Wir werden zusammen Lieder singen. Wir werden zusammen beten, und wir werden einige Stücke von Clives Lieblingsmusik hören.« Pater Jolliffe hielt inne. »Einigen von Ihnen mögen das Gebet und vielleicht auch die Kirchenlieder altmodisch erscheinen, aber Clive dachte anders darüber. Ich weiß aus persönlicher Erfahrung, daß Clive immer viel Wert darauf legte, Teil der Bräuche und Rituale unserer Kirche zu sein, und wäre er heute hier, würde er lauter singen und inniger beten als wir alle.«

Trotz der unabsichtlichen Enthüllung seiner persönlichen Bekanntschaft mit Clive war Pater Jolliffe nicht unzufrieden, wie er (oder möglicherweise Gott) das Beste daraus gemacht hatte. Er hatte Clive benutzt, um mögliches Mißtrauen der Gemeinde gegen die religiöse Seite der Veranstaltung zu zerstreuen, und das war ein glücklicher Einfall. Es nahm eine Last von der Gedenkfeier, und im Schatten seiner Säule machte sich Treacher wieder eine Notiz, diesmal jedoch mit einem freundlichen Häkchen dahinter.

Geoffrey wußte natürlich, daß er ein bißchen übertrieb, was Clives religiöse Neigungen betraf. Er war gewiß nicht fromm, und was sein Interesse an Bräuchen und Ritualen der Kirche anging, so ging es meist nicht weiter als bis zu den oft attraktiven jungen Männern, die bei ihrer Ausübung assistierten. Clive meinte, nicht ganz zu Unrecht, daß jeder Mensch mit starker religiöser Einstellung bei all den Zeremonien, dem Weihrauch und den ganzen Verkleidungen, wie er es ausdrückte, »schon halb auf der anderen Seite« sein dürfte. Besonders die Bekleidung hatte ihn beeindruckt, allerdings nicht so, daß Pater Jolliffe der Trauergemeinde davon erzählen konnte, denn er hatte Clive einmal in Unterhose im Pfarrhaus ertappt, wie er Pluviale und Chorhemd anprobierte.

Pater Jolliffe betete nun mit der Gemeinde und forderte sie auf, sich dazu entweder hinzuknien oder nur den Kopf zu senken, damit sie gemeinsam Clive gedenken konnten. Köpfe senkten und Augen schlossen sich, nur der Sicherheitsbeamte blieb aufmerksam und ließ seinen finsteren Blick über die gebeugten Rükken schweifen, wo irgend jemand, davon war er überzeugt, räuberische Absichten hegte. Er stand sogar einmal auf und drehte sich um, falls ein Übeltäter sich im Schutz dieser ungeordneten Veranstaltung von hinten anschleichen sollte, um die Brosche zu schnappen. Er hegte tiefes Mißtrauen gegen »diese ganze Beterei«, wie er es nannte, und ließ sich mißmutig wieder auf den Sitz fallen, während Pater Jolliffe mit dem Kollektengebet begann.

Der Pfarrer improvisierte bei den Gebeten nicht, wie Treacher erleichtert feststellte, sondern griff auf den reichlichen Fundus des alten Gebetbuches zurück, und er sprach sie knapp und förmlich, wie Treacher es bevorzugte. Es gab seiner Ansicht nach nur wenig Schlimmeres als einen Pfarrer, der den Worten des Gebets zuviel Gewicht beimaß, sie durch lange Pausen mit Bedeutung auflud und so die Gemeinde (und sich selbst) mit seiner tief empfundenen Überzeugung zu beeindrucken suchte. Treacher hatte sogar schon gehört, wie das Vaterunser auf diese Weise vorgetragen wurde; er fand es unerträglich, und ihm war sogar ein bißchen übel geworden. Aber Pater Jolliffe sprach, vielleicht seiner katholischen Neigungen wegen, trocken und nüchtern. »Das Wort und nichts als das Wort« schien sein Motto zu sein, und Treacher machte ein weiteres Häkchen auf seinen Zettel.

Bisher, so mußte Treacher zugeben, machte Jolliffe keine schlechte Figur. Nicht einmal die Bemerkung über seine Freundschaft zu dem Verstorbenen konnte gegen ihn verwandt werden, denn der Erzdiakon hatte seit jeher angenommen, daß Jolliffe homosexuell war, ohne darin einen Grund zum Tadel oder auch nur ein Hindernis für eine mögliche Beförderung zu sehen. Ohne die Fesseln des Familienlebens, mit einer Haushälterin im Pfarrhaus (wenn es denn noch ein Pfarrhaus gab), mit kanalisierter Energie, mit einem gut verborgenen Sexualleben, hatten sich Homosexuelle früher einmal ausgezeichnet zum Pfarrer geeignet. Das war eigentlich immer noch so, wenn sie vernünftig waren. Am liebsten waren Treacher die trockenen, sarkastischen und natürlich nicht bekennenden Homosexuellen; etwa so wie der Dichter A. E. Housman, natürlich ohne die Gedichte, und natürlich auch (obwohl das weniger ins Gewicht fiel) ohne den Atheismus. Heutzutage allerdings hatte man die Diskretion über Bord geworfen, und alles war gefühlsduselig geworden, Pfarrer fühlten sich ihrem Gewissen verpflichtet, ihre Vorlieben öffentlich zu machen, sogar Jolliffes Bekenntnis zur Freundschaft mit dem Verstorbenen war in Treachers Augen ein ängstlicher Versuch, die Karten auf den Tisch zu legen. Und das war natürlich ein Fehler, denn Treacher war der Ansicht, daß ein Pfarrer seine sexuelle Neigung ebensowenig wie seine politische publik machen sollte. Nichtsdestotrotz mußte man Jolliffe bei all seinen Mängeln doch eins zugute halten: er war keine sie. In Treachers Kirche gab es zwar einen Platz für eine sie, beim Wohltätigkeitsbasar oder der Sorge für den Altarschmuck; sie mochte sogar die Kollekte einsammeln oder das Evangelium lesen. Aber es gab für sie keinen Platz am Altar oder auf der Kanzel. Und das mußte man Jolliffe lassen: er war keine sie.

Jetzt hatte sich die Gemeinde niedergelassen, und der Gottesdienst begann wie vorgesehen. Der Ablauf war von Pam organisiert worden, einer fröhlichen Frau, die Clive schon seit Kindertagen gekannt hatte und die jetzt als Produzentin für die BBC arbeitete, und von seinem langjährigen Vermieter Derek. Freundlich ausgedrückt konnte man das Programm als vielseitig bezeichnen. Treacher, der ganz und gar nicht freundlich gesonnen war, betrachtete es eher als eine Art Wühltisch.

Als erstes stieg eine bekannte Schauspielerin die Stufen zum Lesepult empor und las in makelloser Intonation einen Text über den Tod, der nicht wirklich das Ende bedeutete, sondern nur so etwas wie ein kurzer Besuch nebenan war. Das gehörte inzwischen zum Standardprogramm bei Gedenkgottesdiensten, und Treacher hatte leise geseufzt, als er die Ankündigung auf dem Ablaufzettel entdeckte. Er glaubte an den Tod, und wenn er von seinem Glauben an Gott sprach, meinte er im großen und ganzen eher den Glauben an den Tod. Diese Menschen glaubten nicht daran oder versuchten zumindest, nicht daran zu glauben, denn sie hielten den Tod für unfair; wenn sie ihn also auf sich oder ihre Lieben zukommen sahen, machten sie einen Riesenaufstand deswegen.

Und heutzutage war immer irgend jemand schuld; alles »lag an« diesem oder jenem – der Schule, den Ärzten, der Polizei –, und man mußte sich dagegen wehren, das war die vorherrschende Einstellung; »mitten im Leben sind wir vom Tode umfangen« galt heute nur noch für Schwächlinge. Es war nicht immer so gewesen, dachte er. War es aus Amerika gekommen, fragte er sich. Oder aus Liverpool? War das Fernsehen schuld? Oder Mrs. Thatcher? Er fühlte sich in letzter Zeit auch selten richtig wohl, aber er beschwerte sich nicht. Oder vielleicht (und jetzt versuchte er, nachsichtig zu sein) war das wirklich schwer zu Verdauende der Tod als großer Gleichmacher. Die Leute waren in der heutigen Zeit geradezu versessen darauf, sich irgendwie vom Rest der Welt abzuheben – durch den Tod ihrer Kinder zum Beispiel, oder ihre falsche Behandlung in Krankenhäusern, durch Mißbrauch in jungen Jahren, Quälerei durch Nonnen; sogar der Mord an Angehörigen kam ihnen recht, wenn sie sich dadurch aus der Menge herausheben konnten. Das Gute am Tod war jedoch gerade, daß er jeden heraushob. Er war die einzige Konstante. Treacher lächelte.

Pater Jolliffes Gedanken gingen in eine ganz andere Richtung, obwohl sie sich ebenso zerstreut von Clive entfernten. Der nächste Vorleser trug einen Pferdeschwanz, und Geoffrey fragte sich, wann er im Bett wohl sein Haar löste, schüttelte, herabfallen ließ. Und mit wem? Er stellte sich einen Vorhang aus Haaren auf dem

Kissen vor, vielleicht ein Zeichen (neben anderen), daß der Körper jetzt zur Verfügung stand. Und so erinnerte er sich wieder an Clive.

Als Nächster war ein Pianist an der Reihe, auch ein persönlicher Bekannter, der in Handschuhen ans Klavier tritt, die er ablegt, bevor er etwas von Schubert spielt; ein Vortrag, der ihm seinem Gesichtsausdruck nach süßen Schmerz bereitet, welcher sich jedoch in finstere Wut verwandelt, als gegen Ende ein Streifenwagen mit lauter Sirene an der Kirche vorüberfährt.

Und so geht es unter Pater Jolliffes wohlgefälligen Augen weiter: Lesungen, Gedichte, im Grunde eine Reihe von »Auftritten«, von denen einer jedoch, wie Treacher erfreut notiert, den Ersten Korintherbrief des Paulus zum Vortrag bringt, den Abschnitt über die Liebe, und zwar in der von Jolliffe ausgesuchten klassischen Version der *King James Bible*, in der von »Barmherzigkeit« gesprochen wird. Zu Beginn der Lesung nahm er sich Zeit, der Gemeinde zu erklären, daß Barmherzigkeit Liebe sei und nichts mit Adventskollekten oder mit Menschen, die in Hauseingängen lagen, zu tun hatte. Und wenn sie doch etwas mit Menschen in Hauseingängen zu tun hatte, war das nur eine der Bedeutungsebenen.

Normalerweise hätte sich Treacher über diese Herablassung mokiert und die Gemeinde lieber mit ihrem Unwissen allein gelassen, aber diesmal machte er sich keine entsprechende Notiz auf seinem Zettel. Es wäre ihm jedoch lieber gewesen, wenn den herrlich rollenden Versen der autorisierten Übersetzung der Schrift nicht gerade die Saxophonversion von Dusty Springfields großem Hit *You Don't Have To Say You Love Me* gefolgt wäre, eine Nummer (anders konnte man es wirklich nicht nennen), die mit großem Beifall bedacht wurde, an dem sich Treacher erwartungsgemäß nicht beteiligte.

Während der Saxophondarbietung kehrten Geoffreys sorgenvolle Gedanken zu Clive zurück. Woran war er gestorben? Er hätte es gerne sicher gewußt. Oder eher nicht. Geoffrey war so selten mit Clive im Bett gewesen, und es war dabei so zahm zugegangen, daß nur jemand, der so unerfahren war wie der Pfarrer, sich überhaupt in Gefahr wähnen konnte. Aber es war passiert, das wußte er; er wußte allerdings nicht einmal, ob küssen gefährlich sein konnte (aber auch das war ohnehin nicht so oft vorgekommen).

In Wahrheit mißtraute Geoffrey vor allem Gott. Ironie war schon immer eine der hervorstechenden Eigenschaften des Allmächtigen gewesen, und einen so furchtsamen und vorsichtigen Sünder wie ihn mit einer so unverhältnismäßigen Sühne zu belegen, würde gut zu des Herrn Sinn für Humor passen. Er war Gott gegenüber sicher unfair, das wußte er, aber er hatte immer schon das Gefühl gehabt, daß dieser eine hinterhältige Seite hatte. Sein Tutor am Theologischen Seminar hatte in einem seiner Berichte über Jolliffe geschrieben: »Scheint Gott bisweilen mit Joan Crawford zu verwechseln.«

Treacher sah auf seine Uhr. Ein oder zwei der Teilnehmer hatten ihren jeweiligen Beiträgen ein paar kurze Bemerkungen über Clive vorangestellt – Clive als gewissenhafter und einfallsreicher Krankenbesucher, Clive als Urlaubsbegleitung, Clive als Freund von Hunden und Schubert. Aber obwohl die Veranstaltung dadurch ein wenig in die Länge gezogen worden war, stellte Treacher jetzt mit Erleichterung fest, daß sie nun beim letzten Programmpunkt vor dem Abschlußlied angelangt waren: eine steinalte Musical-Sängerin gab den unsterblichen Song *Fly home, little heart* von »unserem lieben Ivor« zum Besten. »Flieg nach Hause, Clive«, schickte sie ihrer Darbietung voraus, »unsere Herzen fliegen mit dir.«

Während ihr zitternder Sopran durch das Kirchenschiff wehte, machte Treacher Anstalten, so unbemerkt zu verschwinden, wie er gekommen war. Der Erzdiakon mußte etwas widerwillig zugeben, daß Pater Jolliffe sich gar nicht schlecht gehalten hatte. Er hatte den Gottesdienst am Laufen und die einzelnen Beiträge kurz gehalten: Er hatte Gott nicht zu kurz kommen lassen, und trotz des Saxophons und der alten Dame, die gerade aus vollem Hals, wenn auch mit dünner Stimme sang, war es doch immer erkennbar ein Gottesdienst geblieben. Treacher war hergekommen, weil er hoffte, daß Pater Jolliffe im Gottesdienst einen gefallsüchtigen Clown abgeben würde. Davon konnte jedoch keine Rede sein, und dafür gebührte ihm Anerkennung. Diakon Treacher faltete seine Gottesdienstordnung zusammen und steckte sie in die Tasche. Beim letzten Lied würde er hinausschleichen.

Auch Pater Jolliffe war froh, daß der Gottesdienst so rasch vorbei war, obwohl es ihm andererseits auch ein bißchen leid tat. Auch wenn die Beiträge sehr vielseitig gewesen waren, hatte er doch nicht das Gefühl, daß sie Clive und seinem besonderen Charme gerecht wurden. Niemand hatte seinen Charakter wirklich eingefangen; man hatte eine Gelegenheit verpaßt. Außerdem war Pater Jolliffe immer noch (und das kann man ihm sicherlich verzeihen) ganz hingerissen von so vielen der in seiner Kirche versammelten Berühmtheiten und wollte sie verständlicherweise noch ein wenig länger bei sich behalten. Sie waren so anders als seine üblichen Kirchgänger (auch wenn die natürlich in Gottes Augen genauso wertvoll waren), weniger langweilig, unterhaltsamer.

Als die alternde Diva also mit ihrem Lied zu Ende war und so freundlichen Applaus bekam, daß man sie mit sanftem Druck vom Mikrofon entfernen mußte, damit sie keine Zugabe anstimmte, ließ sich Pater Jolliffe von einer plötzlichen Eingebung leiten (die er später auf göttlichen Einfluß zurückführte) und sank nicht zum Schlußgebet auf die Knie, sondern stand auf, stellte sich in die Mitte der Stufen zum Altarraum und gab seiner Hoffnung Ausdruck, daß alle, die noch teure Erinnerungen an Clive hegten, die sie gerne mit der Gemeinde teilen wollten, jetzt die Gelegenheit dazu nutzen möchten. Treacher runzelte die Stirn und zog sein Faltblatt aus der Tasche, um nachzusehen, ob das vom geplanten Verlauf abwich. Als er das bestätigt sah, malte er ein großes Fragezeichen an den Rand.

Pater Jolliffe stand auf den Stufen, und in die erwartungsvolle Stille hinein begann das langsame Uhrwerk, das an der hinteren Wand des Turms angebracht war, sich unter lautem Klappern und Schwirren auf das Zwölf-Uhr-Schlagen vorzubereiten. Der Pfarrer wußte aus Erfahrung, daß man sich bei diesem Lärm unmöglich verständlich machen konnte, hatte sich also daran gewöhnt, beim ersten warnenden Klicken eine Pause einzulegen und abzuwarten, bis das alte Werk seine Arbeit getan hatte.

Diese notwendigen Unterbrechungen kamen oft ganz gelegen, wenn sie in eine Pause des Gebetes fielen oder, wie heute, in einen Moment des Gedenkens, so wie das Ächzen und Knacken Jahr für Jahr auch den größten Gedenkmoment einleitete: die zwei Schweigeminuten für die Gefallenen. Die nicht beabsichtigten Pausen waren gemeinhin weniger gewichtig, aber dennoch oft so passend, daß sie schon eine fast liturgische Stellung erlangt hatten, und das Schwirren der Zahnräder und das Klappern der Zapfen lud den Augenblick mit Bedeutung auf wie das Klingeln der Glocke bei der Einsegnung der Hostien.

Pater Jolliffe mochte zwar in Glaubensdingen ein wenig überdreht sein, aber er war doch nicht so vermessen, die Pause, so glücklich sie auch ins Konzept passen mochte, für Gottes Stimme zu halten. Aber wenn der Allmächtige auch nicht zu ihnen sprach, so schien es ihm doch bisweilen, als würde er sich wenigstens räuspern oder absichtlich hüsteln, um an seine Anwesenheit zu erinnern. Pater Jolliffe konnte nichts Böses daran entdecken, die Anwesenheit Gottes mit dem Geräusch der vergehenden Zeit in Verbindung zu bringen, auch wenn ihn die zeitlich passende Unterbrechung durch die Uhr manchmal irritierte, weil er fand, daß Gott es gar nicht nötig hatte, die Aufmerksamkeit so offensichtlich auf sich zu lenken. Es erinnerte ein wenig an die Geschichte von Petrus und dem Hahn, der dreimal krähte, die Pater Jolliffe nicht besonders leiden konnte, weil Jesus darin wegkam wie jemand, der gern – »Hab ich's dir nicht gesagt?« – recht behält. Im stillen fand der Pfarrer, daß der Heiland ohnehin zu solchem Verhalten neigte.

Heute jedoch war die Pause sehr nützlich, denn sie gab den Trauernden Gelegenheit, einen Augenblick zu überlegen, was sie über Clive sagen wollten, und wenn die Uhr dann zwölf geschlagen hatte, würden die Wortmeldungen vielleicht nicht so lange auf sich warten lassen.

Unverzüglich stand ein Mann auf und legte Zeugnis ab vom großen Können und enormen Teamgeist, die Clive bei einer transatlantischen Segelregatta bewiesen hatte; ein anderer pries seine unerwarteten Fähigkeiten als Spitzenkoch und Feinschmecker; beide Erinnerungen wurden von Teilen der Gemeinde mit Unglauben (»Clive?«), von anderen ohne jede Überraschung registriert. Eine Frau erzählte, was für ein guter Gärtner er gewesen sei, und wie schön er ihre Küche gestrichen habe, während die Redakteurin einer Frauenzeitschrift ihm »leuchtende Augen und ein kuscheliges Wesen« zuschrieb und die versammelte Trauergemeinde als Zeugen für seine erstaunliche Fähigkeit zur Freundschaft aufrief, eine Fähigkeit, die übrigens fast immer erst posthum konstatiert wird und sich, ähnlich wie die Redewendung »ein facettenreiches Leben ohne Berührungsängste« (das Clive nun auch nachgesagt wurde), meist in Nachrufen finden läßt. »Er gab sich nicht mit Dummheiten ab«, ein anderer Standardsatz aus dem gedruckten Nachruf, fiel jedoch nicht, denn Clive gab sich Tag für Tag mit Dummheiten ab, im Grunde wurde er genau dafür bezahlt.

Nun stand ein japanischer Herr auf und wandte sich auf japanisch an die Gemeinde; er gab eine Reihe gefühlvoller, ja anscheinend sogar leidenschaftlicher Erklärungen ab, von denen allerdings niemand, nicht einmal die wenigen der japanischen Sprache Mächtigen, auch nur ein Wort verstand, weil die Akustik der Kirche (die von Inigo Jones entworfen worden war) seine Rede wie ein Streitgespräch klingen ließ. Dennoch bekam er freundlichen Applaus, ob er nun seinem Mut galt, überhaupt das Wort ergriffen zu haben, oder ob man ihn nur darüber hinwegtrösten wollte, daß er Japaner und deshalb nicht zu verstehen war.

Er verbeugte sich in alle Richtungen und setzte sich wieder, doch inzwischen standen schon zwei weitere Gäste und wollten etwas sagen. Treacher begann an seiner Einschätzung Jolliffes zu zweifeln. Von führender Hand war hier nichts mehr zu erkennen, und als eine Frau hinter ihm murmelte, »Zieht sich ein bißchen reichlich hin«, machte sich der Erzdiakon eine weitere unfreundliche Notiz.

Ein beleibter und prätentiöser Verleger war jedoch sehr froh, daß es sich noch ein bißchen hinzog. Er hatte Clive nicht gekannt und begleitete lediglich eine seiner Autorinnen (immer noch nicht geadelt), die schon einige Bestseller geschrieben hatte, aber in letzter Zeit in Richtung Feminismus driftete und sich, so fürchtete er, womöglich bald nach einem geeigneteren Verleger umsehen würde. Er hatte den Besuch des Gottesdienstes nur als lästige Pflicht betrachtet, war aber von der reichen und breit gefächerten Auswahl an Prominenz schwer beeindruckt und witterte, wie es Verlegern eigen ist, sofort ein Buch. Je mehr Menschen aufstanden und ihre Erinnerungen an Clive beitrugen, desto aufgeregter wurde der Verleger, griff nach dem Arm seiner Begleiterin oder kritzelte wie Treacher (und doch ganz anders) auf die Rückseite seiner Gottesdienstordnung. Er sah ein schnelles und leicht zu produzierendes Buch vor sich, im Grunde nur Aufnahme und Transkription, eine Sammlung von Interviews, die alle nur zwei, drei Absätze lang sein mußten – ein Buch für Leute, die eigentlich lieber Zeitung lasen, das sich wie die Klatschspalte las, aber als soziologischer Essay getarnt war. »Porträt einer Generation«.

Trotz ihrer echten Gefühle für Clive konnte die Romanautorin die Begeisterung ihres Verlegers kaum teilen, auch weil ihre eigenen Arbeiten nie solchen Enthusiasmus hervorgerufen hatten. Eine Frau würde sie verstehen. Während der Verleger die Namen möglicher Autoren notierte, faßte sie den Entschluß, ihr nächstes Buch einem Haus anzubieten, das es besser zu schätzen wußte. Sie gähnte.

Auch andere gähnten. Ein älteres Ehepaar stand auf und ging, wenig später auch ein junger Mann, der auf seine Uhr tippte, ein hilfloses Gesicht machte und mit den Lippen ein stummes »Tut mir leid« in Richtung eines unbekannten Freundes in einer der hinteren Bänke formte.

Pater Jolliffe wünschte sich inzwischen, er hätte die Gemeinde nie von der Leine gelassen. Von allen Seiten schossen sie empor, nie warteten weniger als zwei Leute darauf, ihr Verslein aufzusagen. Manche standen gar nicht auf, sondern hoben die Hand, und einer der hartnäckigsten von diesen war ein trister junger Mann im Anorak, der ziemlich weit vorn am Gang saß. Woher er Clive kennen mochte, konnte Pater Jolliffe sich wirklich nicht vorstellen.

Als eine Frau eine längere Ode auf Clives »nährende Hände« beendet hatte, gelang es Jolliffe, sich vor dem nächsten Sprecher einzumischen. »Ich denke«, sagte er vorsichtig, »da die Zeit schon sehr vorangeschritten ist, sollten wir uns langsam darauf einstellen, diese schönen Erinnerungen ausklingen zu lassen«, doch diese warnenden Worte hatten nicht die erhoffte Wirkung, sondern führten ganz im Gegenteil dazu, daß diejenigen, die sich bisher noch nicht zum Reden entschlossen hatten, nun plötzlich auch noch in die Öffentlichkeit drängten. Besonders der triste junge Mann begann nun, den Arm zu schwenken, als sei er noch in der Schule und versuche, die Aufmerksamkeit des Lehrers zu erhaschen. Er sah auch tatsächlich aus, als ginge er noch zur Schule: Er trug Jeans und einen blauen Anorak, obwohl er sich dem Anlaß entsprechend immerhin Hemd und Krawatte angezogen hatte. Der Hemdkragen war ihm allerdings zu weit, und die Manschetten bedeckten beinahe seine Hände. Pater Jolliffe wünschte, der Junge wäre etwas forscher und stünde einfach auf, anstatt zu warten, bis er aufgerufen wurde; so machten es die anderen schließlich auch, im Augenblick ein gepflegter und von seinem Forschungssemester in Berkeley tief gebräunter Philosoph.

»Obwohl wir wußten, daß sein Name Clive war«, sagte er gerade, »nannten wir« – seine Frau neben ihm lächelte – »nannten wir ihn Max, ein Name, der, wie ich fand, gut zu ihm paßte. Es ist kein besonders netter Name, auf jeden Fall kein schlichter oder bodenständiger Name. Tatsächlich ist Max der Name eines Charmeurs und läßt an eine gewisse geschmackliche Sicherheit denken, an eine oberflächliche soziale Kompetenz. Es ist ein urbaner, ja großstädtischer Name, der Name eines Mannes, der, sagen wir, den frei gewordenen Stuhl an einem Pokertisch besetzen könnte, ohne daß sich jemand wundert, was einem Mann namens … hm, sagen wir Philip, nicht gelingen würde.«

Eine Frau in der ersten Reihe drehte sich um. »Ich habe ihn Philip genannt.« Dann wandte sie sich ihrer Nachbarin zu. »Er sagte, so fühle er sich tief im Inneren.«

»Ich habe ihn Bunny genannt«, sagte ein Mann am Mittelgang, und auf dieses Signal hin wurden allerlei weitere Namen in die Runde geworfen – Toby, Alex, sogar Denis, und noch die unwahrscheinlichsten Namen wurden von einem oder mehreren der Anwesenden persönlich bestätigt – so daß der Philosoph, der immer noch dasteht, um von der einzigartigen Angemessenheit des Namens Max Zeugnis abzulegen, sich langsam wie ein Trottel vorkommt und etwas lahm fortfährt: »Nun ja, für uns war er immer Max, aber er war offenbar ein Mann mit vielen Facetten … und auch das ist ein Grund, ihn zu feiern.« Und er läßt sich auf seinen Platz fallen, wo ihm seine Frau beruhigend auf den Schenkel klopft.

Einer der Namen, die mit Max in Konkurrenz getreten waren, lautete Betty, und er war ziemlich aggressiv ins Spiel gebracht worden von einem nicht besonders großen jungen Mann in einem schwarzen Anzug mit kahlrasiertem Schädel, der mit einigen anderen jungen Männern – ebenso gekleidet und geschoren wie er – weit vorne saß. Ein oder zwei der Männer trugen Sonnenbrillen hoch auf ihren haarlosen Schädeln.

Der junge Mann, der sich als Carl vorstellte, ignorierte nun die Frau, die eigentlich dran war, und den immer noch schüchtern winkenden Jungen, und wandte sich an die Gemeinde. »Ich habe Clive sehr gut gekannt, und ich glaube, es würde ihn berühren, wenn jemand« – er meinte sich selbst – »etwas über ihn als Liebhaber sagte.«

Ein Paar, das gerade aufbrechen wollte, setzte sich sofort wieder hin. Es wurde still, und dann sagte eine Frau aus der ersten Reihe: »Entschuldigung. Bevor Sie das tun, sollten wir, glaube ich, diese Dame fragen, ob sie etwas dagegen hat.« Sie deutete auf ihre Nachbarin, eine schäbig gekleidete alte Frau mit einem verbeulten Strohhut, die neben sich ein paar schmierige Plastiktüten stehen hatte. »Sie könnte nämlich etwas dagegen haben. Sie ist Mr. Dunlops Tante.«

Pater Jolliffe schloß verzweifelt die Augen. Das war Miss Wishart, und sie war ganz und gar nicht Clives Tante. Sie war weit über achtzig und hatte nichts Besseres zu tun, als zu jedem Beerdigungs- oder Gedenkgottesdienst zu kommen, der in der Kirche abgehalten wurde, denn dort war es wenigstens warm, und sie konnte behaupten, eine entfernte Verwandte der jeweils Verstorbenen zu sein. Diese Täuschung ließ sich leicht aufrecht erhalten, denn sie war tatsächlich äußerst schwerhörig und konnte so eventuelle nachforschende Fragen einfach ignorieren. Manchmal, wenn sie besonderes Glück hatte (und die Verwandten besonders dämlich waren), wurde sie sogar zum Tee nach dem Gottesdienst eingeladen. Pater Jolliffe wußte das alles und hätte es sagen können, aber es war zu spät, denn Carl steuerte schon auf die erste Bank zu, wo Miss Wishart saß, um die Frage direkt an sie zu richten.

Mit entschlossenem Gesichtsausdruck und ohne Rücksicht auf ihr Alter oder ihre Empfindlichkeiten baute Carl sich vor Miss Wishart auf. »Stört es Sie, wenn wir über das Sexleben Ihres Neffen sprechen?« Ihre Nachbarin wiederholte die Frage in Miss Wisharts Ohr, und während sie angestrengt über die Frage nachdachte, blickte Carl zu Pater Jolliffe hoch. »Und Sie haben auch nichts dagegen, Padre?«

Es fällt heutigen Geistlichen oft schwer, sich Gott anders als ein wenig altmodisch vorzustellen, und Pater Jolliffe ging es nicht anders. Wenn er also etwas dagegen hatte, dann nicht aus Gründen des Takts oder der guten Sitten, sondern nur, um den Gottesdienst abzukürzen. Aber wogegen er wirklich etwas hatte, war die herablassende Anrede »Padre« (mit einem angedeuteten verächtlichen Schnauben), und deshalb fand er, er konnte überhaupt nichts gegen den jungen Mann einwenden, ohne von diesem für einen Trottel gehalten zu werden.

»Nein, ich habe nichts dagegen«, sagte er »allerdings« – und hier blickte er furchtlos auf die Kreatur mit dem kleinen Schädel herab – »meine ich, wir sollten hier eher von Liebe sprechen. Clives Liebesleben.« Das klang auch noch nicht richtig, dachte er: »Sein Leben für die Liebe.«

Das klang noch schlimmer, und der junge Mann grinste.

Treacher seufzte. Jolliffe hatte eine Gelegenheit bekommen, den ganzen Unsinn zu beenden, und er hatte sie verbockt. Hielte er die Zügel in der Hand, hätte er den jungen Mann zurechtgewiesen, die Gemeinde auf die Knie gehen lassen, und der Gottesdienst wäre in fünf Minuten vorbei gewesen. Jetzt konnte wer weiß was passieren.

Treacher registrierte ein deutliches Zeichen, daß die Veranstaltung ins Chaos abglitt: Ein oder zwei Leute fühlten sich bereits entspannt genug, ihre Handys herauszuholen und leise zu telefonieren. Wahrscheinlich verschoben sie ihre Verabredungen, weil der Gottesdienst so lange dauerte. Der junge Mann in der ersten Reihe steckte seine Zigaretten und sein Feuerzeug in die Tasche und schlenderte den Mittelgang entlang, um durch das Westportal zu schlüpfen, vor dem bereits zwei oder drei gleichgesinnte Raucher anzutreffen waren. Sie murmelten schlechtgelaunt miteinander, durch die erzwungene Gemeinschaft des Nikotins angeregt, und drückten ihre Kippen dann an den Grabsteinen aus. Sie kamen in dem Moment wieder herein, als die Frage nach dem Sexleben ihres Neffen endlich zu Miss Wishart durchgedrungen war und ihre Nachbarin der Gemeinde den Urteilsspruch verkünden konnte. »Seine Tante hat nichts dagegen.«

Es gab vereinzelten Applaus für die beispielhaft unbefangene Haltung einer so bejahrten Dame, aber da Miss Wishart der Ansicht war, es solle über »das nächste Leben« ihres Neffen und nicht über sein Sexleben gesprochen werden, war ihre Toleranz keiner echten Prüfung unterzogen worden.

»Ich fand bloß«, sagte Carl, der auf den Stufen zum Altarraum stand, »daß es auch ganz nett wäre, wenn man darüber redet, wie Clive im Bett war.« Es klang wie eine Frage, aber eine, die keine Antwort erwartete. »Ich meine, natürlich nicht im Detail, nur, daß er gut war. Er ließ sich Zeit, und ohne daß es irgendwie mechanisch wurde, war er wirklich einfallsreich. Ich möchte«, sagte er, »euch auf eine Reise mitnehmen. Eine Reise über Clives Körper.«

Treacher sank tiefer in die Kirchenbank, und das Lächeln auf Geoffreys Antlitz verlor einiges an Wohlgefallen, als Carl nun genau das tat und sich bei jedem Körperteil eine Weile aufhielt – wobei die Genitalien im Augenblick noch umschifft wurden – und sich dabei wenn schon nicht der Sprache, so doch der Inbrunst der metaphysischen Dichter befleißigte.

Obwohl es ein Körper war, den Geoffrey zumindest flüchtig kannte, klang ihm Carls Version nicht sehr vertraut, und als ein oder zwei Anwesende abwesend lächelten und den Kopf schüttelten, fühlte er sich in der Wahrnehmung bestärkt, daß Carl Clives Körper irgendwie nicht richtig getroffen habe. Dennoch hoffte er, daß niemand dieses Mißverhältnis als so gravierend empfinden möge, daß er eine konkurrierende Version zum besten geben müßte, denn so faszinierend das Thema auch war, die Aufnahmebereitschaft der Gemeinde hatte doch ihre Grenzen.

»Wollen wir das wirklich wissen?« fragte ein höherer Beamter aus dem Außenministerium flüsternd seine Frau (obwohl er einiges davon tatsächlich schon kannte, und seine Frau ebenso, was er wiederum nicht wußte).

Geoffrey war tatsächlich überrascht, daß Carl so taktvoll war, den Penis auszulassen, von dem er sicher auch eine detaillierte und kenntnisreiche Beschreibung zu geben in der Lage gewesen wäre. Vielleicht, dachte Geoffrey, hob er sich das bis zum Schluß auf. Wenn dem so war, dann hatte er Pech gehabt, denn auf dem Weg vom Skrotum zum Anus wurde es der Gemeinde offenbar zuviel, und ein Mann war kühn genug, »Schämen Sie sich!« zu rufen.

Carl ging sofort auf ihn los. »Es gibt keinen Grund, sich zu schämen. Es gab für Clive keinen, und es gibt auch jetzt keinen. Wenn Sie das nicht begriffen haben, dann weiß ich nicht, warum Sie hier sind.«

Danach gab es zwar keine Unterbrechungen mehr, aber die Anwesenden fühlten sich eingeschüchtert und herumkommandiert, weshalb sie schwachen, aber trotzigen Widerstand zu leisten begannen.

Eine Frau, die weit vorne in Carls Nähe saß, fragte in beinahe lockerem Gesprächston: »Und Sie haben diese Reise also ziemlich oft gemacht, sagen Sie?«

»Welche Reise?«

»Über Clives Körper.«

»Natürlich. Wieso?«

»Nun ja, es ist nur ... vielleicht mache ich mich ja jetzt lächerlich«, sie blickte sich nach Unterstützung suchend um, »ich wußte nicht, daß er ... andersherum war.«

Mehrere Frauen, die in Hörweite saßen, nickten zustimmend.

»Für meine Begriffe war er«, sie wußte, daß sie sich jetzt auf gefährliches Pflaster begab, »war er ganz und gar nicht andersherum.«

Carl runzelte die Stirn. »Meinen Sie schwul?«

Die Frau (Einkäuferin bei *Marks&Spencer's*) lächelte freundlich und nickte.

»Dann hören Sie mir mal zu«, sagte Carl, »er war ganz bestimmt ›andersherum‹.«

Obwohl dieses Gespräch eher leise geführt wurde, drang sein Inhalt doch schnell in die hinteren Reihen durch, wo man ihn mit ungläubigem, teilweise hörbarem Erstaunen registrierte.

»Das will sie nicht gewußt haben?«

»Wem will sie das weismachen?«

»Clive«, fuhr die Frau fort, »hat bei mir nie den Anschein erweckt, daß seine sexuellen Vorlieben nicht normal seien.«

»Aber es ist normal!« rief Carl.

»Entschuldigen Sie. Ich meine konventionell.«

»Konventionell ist es auch.«

»Dann eben heterosexuell«, sagte die Einkäuferin und gestand mit einer Handbewegung ihre Niederlage ein. »Sagen wir heterosexuell.«

»Sagen Sie, was zum Teufel Sie wollen«, sagte Carl, »aber er war es nicht, verdammt. Er war schwul.«

Sie war nicht überzeugt und schüttelte lächelnd den Kopf, sagte aber nichts mehr.

Während dieser Diskussion hatte Geoffrey über Carls Haar sinniert, oder vielmehr über sein fehlendes Haar, und daß sein glänzender Schädel unter den blonden Stoppeln an ein Ferkel erinnerte. Es gab eine Zeit, als so kurze Haare ein Abzeichen bösartiger Gesinnung waren, ein Warnsignal, dem man aus dem Weg ging, während lange Haare Weichheit andeuteten. Angelehnt an diese Konnotation von Härte und Unnachgiebigkeit war es schließlich ein Symbol für sexuelle Abweichung geworden, und das schien es auch immer noch zu sein, obwohl es heutzutage natürlich auch eine willkommene Tarnung für einsetzende Glatzenbildung war: durch Kahlscheren dem Kahlwerden zuvorkommen.

Die Worte »Teufel« und »verdammt« hatten ihn aus dieser Grübelei gerissen, auch wenn Carl sie so nebenbei hatte fallenlassen, daß niemand geschockt zu sein schien, obwohl sie sich in einer Kirche befanden (Treacher hatte sie zum Glück nicht gehört), und so beschloß Pater Jolliffe, nichts dazu zu sagen.

Die Auseinandersetzung mit der Einkäuferin von *M&S* hatte Carl zweifellos für sich entschieden, aber sie hatte ihn doch ein wenig aus dem Konzept gebracht, und obwohl er seine Reise über Clives Körper wieder aufnahm, hatte er doch schon genug, als er seine rasierten und gepflegten Achselhöhlen erreichte. »Wenn jemand so jung stirbt«, faßte er zusammen, »sind wir alle ergriffen von der Sinnlosigkeit, von der Verschwendung. Aber wenn jemand an Aids stirbt« – ein leiser Aufschrei war aus den Reihen zu hören – »sollten wir nicht nur ergriffen, sondern auch wütend werden und entschlossen gegen diese hinterhältige Krankheit kämpfen, und vor allem gegen die Vorurteile, die sie schürt, und nicht eher ruhen, bis wir ein Heilmittel dagegen gefunden haben.« Carl setzte sich wieder und wurde von zweien seiner Freunde umarmt, während ein dritter seinen stoppeligen Schädel streichelte.

Bei der erstmaligen Erwähnung von Aids und der öffentlichen Bestätigung ihrer bis dahin nur vagen Ängste und Vermutungen konnten viele Trauergäste ihre Sorge nicht länger verbergen, und dieser Tod, der bisher nur Grund zur Trauer war, gab nun Anlaß zu großer Beunruhigung.

Eine Frau begann offen zu schluchzen, während ihr (ins Grübeln gekommener) Ehemann sie tröstete.

Ein Mann fiel auf die Knie und begann zu beten, während sein Begleiter ihm dabei sanft den Rücken streichelte.

»Ich dachte, man müßte nicht mehr daran sterben«, flüsterte eine Weltumseglerin ihrem Mann zu. »Ich dachte, es gibt Mittel.«

Andere saßen einfach nur schockiert da, sahen ihr Schicksal unabänderlich vor sich und diesen Gedenkgottesdienst quasi als Probelauf für ihren eigenen.

Zu diesen gehörte natürlich auch Pater Jolliffe, der jedoch Profi genug war, sofort zu erkennen, daß die allgemeine Ernüchterung im Gebet Ausdruck finden, daß all ihre Sorge und Furcht in einem Ruf gen Himmel gebündelt werden könnte, der nicht nur Clive galt, sondern allen Opfern dieser schrecklichen Krankheit, nicht nur hier, sondern auch in Afrika, Asien, Amerika und so weiter. Das Ausmaß dieser Fürbitte nahm in seinem Kopf langsam Gestalt an, als er aufstand und sich der Gemeinde zuwandte. »Laßt uns beten.«

Als er sich hinkniete, bemerkte er den Studenten in seinem Anorak, der sich von der allgemeinen Atmosphäre anscheinend nicht hatte anstecken lassen und sich immer noch meldete, jetzt sogar noch heftiger winkend. Aber es war nun wirklich genug gesagt worden, und der Pfarrer ignorierte ihn.

Es wird ruhig, und Treacher ist erleichtert, daß Jolliffe den Gottesdienst endlich wieder im Griff hat und die unrühmliche Veranstaltung einigermaßen würdevoll zu Ende bringen wird.

»Herr Pfarrer.«

Das war der junge Mann im Anorak. Seine Stimme klang sehr klar durch die Stille, und diejenigen Besucher, die sich hingekniet oder auch nur den Kopf gesenkt hatten, blickten nun wieder auf, und Treacher, der gedacht hatte, daß dieser Gottesdienst keine weiteren Überraschungen mehr bereithalten würde, sagte »O Gott!« und hätte den Kopf in die Hände gelegt, wenn er sich nicht schon dort befunden hätte.

Selbst der tolerante Pater Jolliffe wurde von dieser unerhörten Unterbrechung kalt erwischt. »Ich bete«, sagte er vorwurfsvoll.

Er hatte das Gefühl, daß der junge Mann rot wurde, aber er sah ohnehin schon so erregt aus, daß das schwer zu sagen war. Ein junger Mann mit dünnen Handgelenken, schmalem Gesicht, kantigen Schultern, der jetzt verlegen dreinschaute. »Ich hatte mich schon vorher gemeldet«, sagte er. »Und außerdem ist es wahrscheinlich wichtig für das Gebet.«

Wäre der Moment nicht so unpassend gewesen, hätte man über die Vorstellung, daß ein Gebet auf dem neuesten Stand sein und alle relevanten Informationen berücksichtigen müsse, sicherlich nachdenken können, ja sie hätte sogar ein passendes Thema für den von Pater Jolliffe vor kurzem initiierten und sonntags nach der Abendandacht stattfindenden Gesprächskreis »Zeit und Glauben« abgegeben; die Aktualität der Fürbitte im Lichte der Allwissenheit Gottes zum Beispiel, oder die Zeitgebundenheit des Gebetes im Gegensatz zur Überzeitlichkeit Gottes. So aber starrte der Geistliche den jungen Mann ohne jedes pastorale Wohlwollen an und sagte ziemlich ärgerlich: »Also?«

»Ich heiße Hopkins«, sagte der junge Mann. »Ich mache gerade ein Auslandsjahr. Ich will Geologie studieren. Ich war in Südamerika und habe mir Steine angeguckt.« Einige dieser Worte sprach er laut genug für alle Anwesenden, aber manches murmelte er auch nur wie eine Nebenbemerkung den Umsitzenden zu, und so rief bald jemand, der außer Hörweite saß: »Was?«

»Macht ein Auslandsjahr, will Geologie studieren«, rief jemand zurück.

»Und?« sagte jemand anderes leise.

»Ich habe Fördergelder von der Firma *Tilcon* erhalten«, fügte er überflüssigerweise hinzu.

Jemand seufzte schwer und fragte, »Müssen wir uns das anhören?«

»Deswegen war ich in Peru. Da gibt es sehr gute Steine.«

»Ich kann ihn nicht hören«, sagte ein bekannter Kunstexperte. »Ich kenne mich in Peru aus, aber ich kann ihn nicht verstehen.«

Eine Frau, die in seiner Nähe saß, lächelte dem Jungen aufmunternd zu und bedeutete ihm, lauter zu sprechen.

»Die Sache ist die« – mit erhobener Stimme klang er leicht trotzig – »ich habe im selben Hotel wie Mr. Dunlop gewohnt, als er starb, und er ist nicht an Aids gestorben.«

Unauffällig wie er war und offenbar ohne jede Autorität (und noch dazu jünger als die meisten ihrer Kinder), war die Gemeinde nicht gerade geneigt, ihm Gehör und Aufmerksamkeit zu schenken. Was bloß wie eine weitere langweilige Erinnerung klang, wird zunächst regungslos registriert, und erst, als die frohe Kunde »Kein Aids« langsam durch die Reihen sickert, werden die Menschen aufmerksam, hinten stehen sogar einige auf, um bessere Sicht auf diesen unerwarteten Boten zu haben.

Es dauert ein wenig, und während zuerst vor allem Köpfe geschüttelt werden, fangen die Leute schon bald an zu lächeln und sich optimistisch aufzurichten, und der farblose junge Mann spricht plötzlich zu einem Publikum, das an seinen Lippen hängt. »Ich weiß, daß man sich nicht dafür schämen muß, woran man gestorben ist, aber bei allem Respekt vor dem Mann, der vor mir geredet hat und der ihn offensichtlich viel besser kannte als ich, ich war schließlich da, als er gestorben ist, und ich bin sicher, daß zumindest seine Tante gerne hören wird, daß es kein Aids war.«

»Keine HIV-Infektion«, korrigiert ein Mann mit einem Pferdeschwanz.

»Ja gut, was auch immer«, sagt der Student.

»Es war kein Aids«, schreit die hilfsbereite Nachbarin Miss Wishart ins Ohr. »Kein Aids.«

Die alte Dame schenkt ihr ein verständnisloses Lächeln, und so versucht sie, die Neuigkeit pantomimisch darzustellen, indem sie auf ihr Hinterteil deutet und den Kopf schüttelt, was Carl und seine haarlosen Freunde auf die Palme und Miss Wishart dem Verständnis keinen Schritt näher bringt. Sie hat noch nie von Aids gehört, und das liegt nicht nur an ihrem offenbar wirkungslosen Hörgerät.

Nachdem Hopkins seine willkommene Botschaft überbracht hat, macht er keine Anstalten, sie irgendwie zu untermauern und will sich anscheinend wieder hinsetzen, aber Pater Jolliffe, der als Parlamentsabgeordneter nun ein Interesse hätte erklären und seiner Frage voranstellen müssen, lehnt sich über das Lesepult und fragt, »Und würden Sie uns wohl mitteilen, Mr. ...?«

»Hopkins.«

»Mr. Hopkins, würden Sie uns wohl wissen lassen, wie Mr. Dunlop gestorben ist?«

Der junge Mann schneuzt sich, wischt sich sorgfältig die Nase ab, und steckt das Taschentuch wieder ein.

»Na ja, also er war auf so einem Rundtrip, und da ging es wohl auch durch ziemlich wilde Gegenden, und da ist er irgendwie von einem Insekt gestochen worden, ich kann mich aber nicht an den Namen erinnern, das kannten bloß die Ärzte im Krankenhaus. Und dann kriegte er Fieber. Er hatte das Zimmer neben mir im Hotel, jedenfalls zu Anfang. Dann haben sie ihn ins Krankenhaus gebracht, und das war's dann eigentlich schon. Ich war echt überrascht, denn es ist schließlich gar nicht in den Tropen. Das Klima ist ganz ähnlich wie in Sheffield. Ich komme aus Sheffield«, fügt er entschuldigend hinzu.

Hopkins bleibt stehen, dreht sich zur Gemeinde um und lächelt hilfsbereit, als wolle er sagen, daß er alle weiteren Fragen gerne beantworten werde, so gut er könne. Darauf muß er nicht lange warten.

»Ich glaube das alles nicht«, murmelt Carl, der jedoch keine Frage stellen will beim Aufstehen. Er ignoriert den Studenten einfach und wendet sich an die Trauergäste. »Entschuldigung? Ich dachte, wir wären erwachsen geworden? Ich dachte, wir hätten gelernt, dieser Sache ins Gesicht zu sehen? Ich hätte nie gedacht, daß wir uns noch mal Geschichten von ominösen Krankheiten anhören müßten, die man sich im tibetanischen Hochland eingefangen hat. Oder von tödlichen Bakterien aus den Eutern nepalesischer Yaks. Man kriegt es nicht von einem Insektenstich. Und auch nicht von Katzenhaaren. Man kriegt es nicht von Drogen, und es ist auch keine angeborene Schwanzkrankheit. Es ist ein Virus, der durchs Blut und beim Sex übertragen wird; so kriegt man es. Nicht von irgendeinem beschissenen peruanischen Tausendfüßler. Natürlich war es Aids. Schaut euch sein Leben an! Was sollte es denn sonst sein?«

Während des nun folgenden Schweigens schauen viele Augen verzweifelt auf den Studenten, weil sie hoffen, daß er ein Gegenargument parat hat. Aber mit neunzehn ist Diskutieren nicht gerade seine Stärke. Er zuckt unbeholfen mit den Schultern und setzt sich, schüttelt den Kopf und läßt die langen Arme zwischen die Knie hängen.

So unangenehm und arrogant Carl auch gewirkt hatte, und so sehr sein Verhalten auch zum Widerspruch gereizt hatte, so sehr mußten ihm doch auch die meisten jetzt zustimmen. Sie wollten so gerne an den peruanischen Tausendfüßler und seinen tödlichen Stich glauben. Südamerika war ein gefährliches Pflaster, das wußte schließlich jeder; da gab es die Pampa, Gauchos und regelmäßig Revolutionen. Die Maya waren ausgestorben, warum sollte es nicht auch Clive erwischt haben? Aber Carls Ausführungen waren nicht von der Hand zu weisen. Natürlich war es Aids. Niemand konnte so viel in der Gegend herumvögeln und *nicht* dafür bestraft werden. Das Urteil, das für allzu kurze Zeit aufgehoben worden war, wurde nun also bestätigt, und die kurz aufkeimende Hoffnung zerschlug sich wieder. Aber die Last wurde noch schwerer, weil der innere Frieden ihnen für einen Moment vor die Nase gehalten worden war, um dann wieder weggezogen zu werden.

Ein Ehepaar hielt sich in schweigendem Leid an den Händen. Wer von ihnen hatte mit Clive geschlafen – oder waren es beide? Und was machte es schon? Sie waren sich noch nie so nahe gewesen.

Aber die Paare, die beiderseits von Clives Diensten profitiert hatten, waren immer noch besser dran als die Ehemänner oder -frauen, die ihn allein genossen hatten. »Was soll das alles überhaupt?«, knurrte ein Richter mit grimmigen Augenbrauen, für den Clive nur der Mann war, der ab und zu seine Schultermuskulatur entspannte. »Er ist tot, das ist die Quintessenz des Ganzen.« Seine Frau war sehr still und rutschte unmerklich auf ihrem Sitz hin und her, weil sie an einem Vaginalpilz litt – das hoffte sie jedenfalls.

Alle möglichen Symptome tauchten wieder auf. Eine gnadenlose Quizmoderatorin hatte plötzlich einen ausgetrockneten Mund. Der Suffraganbischof wußte, daß er Ausschlag hatte. Ein Comedy-Star hatte ein Herpesbläschen, das einfach nicht verschwinden wollte und von Make-up verdeckt wurde. Jetzt begann es auch noch zu jucken. Er hatte zwar einen Schminkspiegel, aber er traute sich nicht, ihn zu benutzen. Die Prominenten allerdings achteten darauf, sich nichts anmerken zu lassen. Sie wußten, daß sie ihre Ängste unterdrücken mußten, weil sie ständig unter Beobachtung standen. Sie mußten warten, bis sie ihre Sorgen vertraulich mit guten Freunden besprechen konnten, oder mit der interessierten Öffentlichkeit, wenn die jeweilige Zeitung einen anständigen Preis zahlte.

Männer, die ihre Frauen für ahnungslos hielten (was sie in den seltensten Fällen waren), setzten ein unbeteiligtes Gesicht auf. Frauen, die ihre Männer für ahnungslos hielten (was auch meistens zutraf), tarnten ihre eigene Furcht durch die Sorge um andere; eine legte zum Beispiel dem Mann, der vor ihr saß, beruhigend die Hand auf die Schulter, und er griff danach, ohne hinzusehen, und hielt sie an seine Wange.

Die Gemeinde hatte einen kurzen Blick auf ein friedliches Leben geworfen; der Juckreiz hatte aufgehört, der Husten nachgelassen, das Bettuch war unbefleckt geblieben; die Poren hatten sich geschlossen, der Eiter war getrocknet, der Bach floß klar und kalt dahin. Aber es war bei einem kurzen Blick geblieben. Jetzt gab es keine Heilung mehr. Jetzt gab es nur noch den Glauben.

Wie sollte man das in ein Gebet verpacken? Pater Jolliffe faltete die Hände und versuchte es noch einmal. »Laßt uns beten.«

Sie beruhigten sich und warteten, während er nach Worten suchte.

»Darf ich etwas sagen?«

Zum unglaublichen zweiten Mal wurde Pater Jolliffe einen Wimpernschlag vor der Fürbitte unterbrochen, und beinahe hätte er »nein« gesagt (der Erzdiakon, der sich schon vor einiger Zeit »Hoffnungslos. Ohne Autorität« notiert hat, *hätte* es gesagt, und fügt jetzt noch »jegliche« ein.)

Pater Jolliffe läßt seinen Blick über die Gemeinde schweifen, um zu sehen, wer die Worte gesprochen hat, und sieht weit hinten einen großen, distinguiert aussehenden Mann. »Ich bin Arzt«, sagt er.

Das überrascht nicht, weil er genau so aussieht. Ein trockenes, freundliches Gesicht und eine ebenso leise Stimme wie der Student.

»Ich bin Arzt«, wiederholt er. »Mr. Dunlops Arzt, um genau zu sein. Und natürlich ist seine Krankengeschichte streng vertraulich …« – »Was ist sie?« fragt jemand. »Schwer verdaulich«, antwortete jemand anderes – »aber ich glaube, ich verletze keine Standesregeln, wenn ich Ihnen verrate, daß Mr. Dunlop ein äußerst … hmm … verantwortungsbewußter Patient war und über mehrere Jahre hinweg regelmäßige Blutuntersuchungen bei mir machen ließ.«

»Regelmäßige Blutuntersuchungen«, geht es durch die Reihen.

»Bei diesen ging es meistens um HIV, und die letzte Untersuchung fand eine Woche vor seiner Abreise nach Südamerika statt. Der Test war negativ. Ich kann natürlich nicht sagen, woran er tatsächlich gestorben ist, aber entgegen den Ausführungen des Herrn, der vorhin das Wort ergriffen hat« – er meinte Carl – »scheint es mir höchst unwahrscheinlich, im Grunde praktisch unmöglich, daß die Todesursache eine HIV-Infektion war. Dennoch«, er lächelte traurig, »bleibt es eine traurige Tatsache, daß Clive tot ist, und ich kann allen seinen Freunden und ebenso seiner Tante, die um ihn trauert, nur mein aufrichtiges Beileid aussprechen. Woran ihr Neffe auch gestorben sein mag, ihr Schmerz bleibt davon unberührt.«

Als Miss Wisharts Nachbarin sie anstößt und auf den Arzt zeigt, lächelt die alte Dame fröhlich und winkt ihm zu. So unterhaltsam wie heute ist es selten.

Als der Arzt sich wieder hinsetzt, beginnen einzelne Gäste, Applaus zu klatschen, und während sich die Neuigkeiten auch in den akustisch benachteiligten Gegenden verbreiten, wird der Beifall immer stärker. Vorne stehen einige Menschen auf und klatschen lauter, die weiter hinten Sitzenden folgen ihrem Beispiel, und bald ist die ganze Kirche auf den Beinen und klatscht.

»Der gute alte Clive!« rief jemand.

Selbst bei einer Hochzeit hatte der Pfarrer selten so viele glückliche Gesichter gesehen, manche lachten hell auf, manche weinten vor Freude, und viele lagen sich in den Armen, wie sie es beim Abendmahlsgottesdienst tun sollten, aber selten mit so viel Inbrunst und Gemeinschaftsgefühl taten wie jetzt. Es war, dachte Pater Jolliffe, genau, wie es sein sollte.

Andererseits war schwer zu sagen, wem sie applaudierten: Clive, weil er an der richtigen Krankheit gestorben war (oder besser, weil er nicht an der falschen gestorben war) und weil er so vernünftig gewesen war, sein Blut regelmäßig untersuchen zu lassen; dem jungen Studenten, weil er ihnen die Nachricht aus der Ferne überbracht hatte; oder dem modernen, aufgeschlossenen Arzt, weil er sie bestätigt hatte? Pater Jolliffe war froh, daß auch Gott ein wenig von der Dankbarkeit abbekam, eine Frau, die sich an ihre Umgebung erinnerte, sank auf die Knie und begann zu beten, und Vertreter beider Geschlechter griffen zu ihren Handys, um abwesenden Partnern oder Freunden die frohe Botschaft zu bringen, deren Sorge um ihren Gesundheitszustand (und natürlich auch um Clive) ebensogroß war wie die der Anwesenden.

Einige weinten, und ihre erstaunten Partner hielten die Tränen für Zeichen echter Anteilnahme. Aber wie die meisten Beerdigungstränen galten auch diese niemand anderem als den Weinenden selbst. Sie weinten auch um Clive, das wohl, aber sie weinten vor allem um sich ohne Clive, besonders jetzt, da sein sauberer, komplikationsloser Tod ihnen glücklicherweise keine unwillkommene Erinnerung an ihn hinterlassen hatte.

Im allgemeinen Jubel sah sogar Carl ein wenig fröhlicher aus, obwohl es ihm schwerfiel, mit ganzem Herzen mitzufeiern, war doch der Verstorbene gerade aus einem Club ausgeschlossen worden, in dem Carl lebenslanges Mitglied ohne Chance auf einen Austritt war. Ein oder zwei andere saßen im selben Boot und wußten es auch, aber auch sie klatschten und versuchten, sich zu freuen.

Auch wenn seine Begleiterin, die Schriftstellerin, dankbar weinte, war der Verleger nicht ganz so begeistert wie andere. Aids hatte den Verkaufszahlen noch nie geschadet und gab noch dem albernsten Leben eine tragische Dimension, während man sich den Tod durch einen Tausendfüßlerbiß nur schwer anders als lächerlich vorstellen konnte. Aber der Geologiestudent schien naiv und womöglich beeinflußbar zu sein, also konnte man – und moralisch gesehen sollte man vielleicht sogar – Clives Tod vielleicht zweideutiger aussehen lassen, als er wirklich war. Niemand mochte Leute, die so viel Sex hatten wie Clive und ungestraft davonkamen, schon gar nicht der träge Leser. Nein, nein, hier war immer noch ein Buch zu holen; die absurde Todesursache war nur ein kleiner Störfall, und der Verleger lächelte ebenfalls und schloß sich dem Applaus an. Aber wem klatschten sie nun Beifall? Pater Jolliffe beschloß, er könne genausogut Gott gelten, erhob seine Stimme über den Tumult und sagte: »Zum dritten Mal nun: Laßt uns beten!« Dafür bekam er sogar einen Lacher und einen letzten Jubelruf, bevor sich die Gemeinde beruhigte. »Wir wollen uns im stillen an unseren Freund Clive erinnern, der gestorben und wieder zum Leben erwacht ist.«

So heilig das auch klang, es war nicht bloß eine Phrase. In ihrer Vorstellung war Clives Tod mit drohendem Schicksal und weitreichenden Konsequenzen verbunden gewesen, so daß sein tatsächlicher (sozusagen gesünderer) Tod ohne diese Konnotationen ihnen beinahe wie eine Auferstehung schien. Und in dieser mühseligen Stille, die schwer ist von ungesagten Gebeten, aber befreit von Angst und Strafe, versuchen viele wirklich, sich an ihn zu erinnern, manche mit gerunzelten Brauen und geschlossenen Augen, vor denen Clive ersteht, manche mit offenen Lidern, aber ohne Blick für ihre Umgebung, in Erinnerungen versunken. Wie zu erwarten, sind diese Erinnerungen oft sehr unpassend. Manche denken zum Beispiel daran, wie Clive roch und sich anfühlte, rufen sich seine Zärtlichkeit und sein Taktgefühl ins Gedächtnis. Oder die Sorgfalt seiner Dienstleistung, und vor mehr als einem geistigen Auge erscheint sein ernstes und konzentriertes Gesicht, das sich in gewissenhafter Erfüllung seiner beruflichen Pflicht über ihnen hebt und senkt.

»Ich singe seinen Körper«, betete Geoffrey für sich, »ich singe seinen marmornen Rücken, seine schweren Beine« – er hatte Whitman gelesen – »ich singe seine Direktheit, ohne Umschweife, die Knappheit seines Verlangens. Er ist tot, aber ohne bösen Schatten, und so preise ich ihn nun.«

»Ich erhebe ihn«, dachte ein Choreograph (dem er auch ein paar Regale gebaut hatte), »ein Sohn des Hiob, der vor dem Herrn tanzt.«

»Ich serviere ihm«, betete einer der Köche, »mit Birnen gefüllte Wachteln an Johannisbeerpüree.«

»Ich schmücke ihn«, stellte sich ein Modedesigner vor, »ich schicke ihn in einer brustfreien Tunika in Schottenkaro, mit eng geschnittenen karierten Hosen und einem schottischen Barett über den Laufsteg.«

»Ich mache ihn zu meinem Eigentum«, plante der Verleger, »junger Mann, bei lebendigem Leibe von der Prominenz verzehrt.«

Niemand jedoch dachte an Worte und daran, daß Clives Bildung aus den Schlafzimmern stammte. Dort lernte er, daß Worte wichtig sind, als er einmal mit einem Etymologen im Bett war, dessen Ejakulation sich endlos verzögert hatte, nachdem Clive (auf die Frage, ob er auch gleich kommen werde) »*hopefully*« gemurmelt hatte. Statt sich zu ergießen, hatte der Sprachwissenschaftler seine aufgestaute Energie in einen Vortrag über Neologismen fließen lassen und erklärt, daß »hopefully« strenggenommen eben nicht *»hoffentlich«* bedeute, was Clive sich so sehr zu Herzen genommen hatte, daß er nie wieder *»hopefully«* gesagt hatte.

Nichts konnte ihn überraschen oder schockieren. Heutzutage würde man sagen, er hatte keine Vorurteile, aber Clive wußte, daß viele dieses Wort auch nicht besonders mochten und lieber hörten, daß er nichts und niemanden mißbilligte, aber auch diese Einstellung verurteilte er nicht.

Namen waren ebenso wichtig wie Worte. Er wußte, ob jemand seinen Namen nicht leiden konnte und nicht damit angeredet werden wollte, geschweige denn ihn beim Liebesspiel hören. Er kannte auch die verschiedenen Namen, die seine Kunden ihren Geschlechtsteilen gaben, wie er oder sie diese nannten und wie Clive sie nennen sollte (was nicht immer das gleiche war). Er wußte auch, wie schnell eine falsche Anrede in der aufgeladenen Atmosphäre des Schlafzimmers das Begehren dämpfen und seine Manifestationen verwelken lassen kann.

Im Schlafzimmer legte er ein Erinnerungsvermögen und eine Detailgenauigkeit an den Tag, die ihn in jedem anderen Beruf an die Spitze seiner Zunft befördert hätte. Ein Mann, der sich nach mehreren Monaten noch erinnern konnte, welche Brust eine Kundin lieber gestreichelt haben wollte, hätte auch das *National Theatre* oder die Londoner Börse leiten können. Er wußte, welche Geschichten er in welche Ohren flüstern durfte, wann er keine erzählen sollte, und er wußte auch, daß er nach vollzogenem Akt nie ein Wort darüber verlieren durfte, worüber dabei gesprochen worden war.

Einfach gesagt, er war ein Mann, der gelernt hatte, nie einen falschen Ton anzuschlagen. In jeder Hinsicht professionell.

Laut sagte Geoffrey: »Wir wollen ihn vor Gott loben und preisen. Preiset den Herrn, alle seine Werke: lobet und preiset ihn jetzt und in alle Ewigkeit!«

Geoffrey stand auf. »Und nun wollen wir diese Dankesfeier mit einem gemeinsamen Lied von John Keble enden.«

Neu ist die Liebe jeden Morgen
Vertreibt erwachend unsere Sorgen
Durch tiefen Schlaf und dunkle Nacht
Zu Leben, Kraft und Mut gebracht.

Wie niedergeschlagen hatten sie die Kirche betreten – und wie fröhlich bereiten sie sich nun, da sie ihre Last abgeworfen haben, zum Ausmarsch. Sie singen also dieses nette kleine Kirchenlied, so wie der Chor im *Fidelio* von seiner Erlösung singt, so wie die Fans im Fußballstadion im Angesicht des Sieges singen. Sie singen – auch wenn das oft ein eher geschmackloses Spektakel ist – wie die Zuschauer bei der *Last Night Of The Proms*. Und beim Singen fassen sie neuen Mut.

Nachdem sie von Clives Tod erfahren hatten, war ein Schatten auf ihre sexuellen Beziehungen gefallen. Jeder Verkehr war von Vorsicht geprägt und wurde eher geschäftig und vor allem aus Eigennutz vollzogen, selbst auf neue Bekanntschaften ließ man sich nur zurückhaltend ein. Eine unwissende Ehefrau hatte sich beklagt, »Niemand gibt sich mehr richtig hin«. In manchen Schlafzimmern, wo das geschlechtliche Leben noch nicht ganz zum Erliegen gekommen war, tauchten nun zum ersten Mal Präservative auf und wurden mit verschiedenen harmlosen Infektionen oder plötzlicher Sensibilität erklärt – jedenfalls wurden sie den ahnungslosen Partnern als unbedeutende kleine Vorsichtsmaßnahme verkauft, nicht als hauchdünner Schutzfilm zwischen Leben und Tod.

Aber nun war die Zeit der strengen sexuellen Zucht vorüber. Es war eine Befreiung, und viele der Paare, die nun aus dem Portal drängten, freuten sich schon auf die Wiederaufnahme all der raffinierten erotischen Übungen, die durch Clives angebliche Todesursache unterbrochen worden waren.

Die jeweils unwissenden Partner wurden von der Verve überrascht, mit der ihre so lange gleichgültigen Gegenüber sich nun wieder ihnen widmeten, und manche konnten offen gesagt mit dem Vögeln kaum bis zu Hause warten. Und manche warteten auch tatsächlich nicht: Ein Paar schlich sich hinter die Kirche zu dem Schutzdach vor der Sakristei, unter dem die Mülltonnen standen, und trieb es dort. Sie waren beide Freunde Clives gewesen und deshalb zugleich auf den Gedanken gekommen; mehrere Ehemänner jedoch, die von der Verbindung ihrer Gattinnen zu dem Toten nichts wußten, waren eher erschrocken, als sie plötzlich berührt und belästigt wurden (ein deutliches Zeichen der ungeheuren Erleichterung, die ihre Angetrauten erfaßt hatte), und einer mußte gar im absoluten Halteverbot parken und die *Financial Times* über seine Knie breiten, während seine Frau darunter ihrer Hochstimmung freien Lauf ließ.

Für manche aber war die Erlösung allzu kurz. Der Studiodesigner eines Fernsehsenders beispielsweise, der ein besonders enger Freund Clives gewesen und deshalb noch tiefer in Düsternis versunken war, ließ sich von der Erkenntnis seines ungefährlichen Todes so hinreißen, daß er sich zur Feier dieser guten Nachricht sogleich im Covent Garden mit einem zweifelhaften jungen Mann einließ, mit dem er einen höchst erfreulichen Abend und eine ungeschützte Nacht verbrachte. Am nächsten Morgen erwachte er genauso von Angst gepeinigt und in praktisch derselben Lage wie zuvor.

Andere jedoch glaubten, ihre Lektion gelernt zu haben und blickten im Gedränge vorm Ausgang durch das offene Westportal hinaus auf einen jetzt sonnendurchfluteten Friedhof. Die Glokken klangen; der Pfarrer schüttelte Hände; dies war wirklich eine Dankesfeier gewesen und zugleich ein Abschluß, und nun öffneten sich die Türen zu einem neuen Lebensabschnitt.

»Ich nehme an, er hatte uns alle irgendwo im Computer gespeichert«, sagte jemand.

»Na und?« antwortete jemand anderes.

Langsam schoben sie sich dem Licht entgegen.

Es war bereits weit nach Mittag, und dem Erzdiakon knurrte der Magen. Er wollte unbedingt vor der Menge und unbemerkt vom Pfarrer verschwinden, der bestimmt all die berühmten Hände an der Tür schütteln wollte. Doch als Treacher sofort nach dem Segen aufstand, wurde ihm der Weg aus der Kirchenbank von einer Frau versperrt, die tat, wie sie (und Treacher selbst) es gelernt hatte, nämlich beim Betreten und beim Verlassen der Kirche ein stilles Gebet zu sprechen. Treacher mußte an sich halten, nicht über sie hinwegzuklettern, statt dessen wartete er, innerlich brodelnd, während sie seelenruhig betete. Sie ließ sich Zeit mit Gott, und ebenso, als sie ihre Einkehr schließlich beendet hatte, mit ihrem Schirm, ihren Handschuhen und »ihrem Krimskrams«, wie sie entschuldigend murmelte, und als sie endlich soweit zu sein schien, mußte sie sich noch einmal umdrehen, um ihre Gottesdienstordnung einzustecken, die sie Treacher mit tapferem Lächeln unter die Nase hielt, als wollte sie sagen, »das war gute Arbeit«. Inzwischen war der Gang natürlich verstopft, und der Kirchenmann wurde unausweichlich in Richtung Tür gedrängt, wo Pater Jolliffe, wie er befürchtet hatte, fröhlich Hände schüttelte.

Der Pfarrer war allerdings so ins Gespräch mit einer führenden Talkshow-Moderatorin vertieft, daß Treacher hoffte, unbemerkt vorbeischlüpfen zu können. Doch dann bemerkte ihn Jolliffe, und die Fernsehfrau, die gewohnt war, Gespräche in eigener Regie zu beginnen und zu beenden, sah bestürzt, wie ihr Konversationspartner plötzlich zu Treacher hastete, um seine kalte, zurückhaltende Hand zu schütteln.

»Erzdiakon. Was für eine Freude, Sie zu sehen. Haben Sie Clive denn gekannt?«

»Wen? Natürlich nicht. Woher sollte ich ihn kennen?«

»Ein facettenreiches Leben ohne Berührungsängste.«

Das war ein Scherz, aber Treacher lächelte nicht.

»Mich hat er nicht berührt.«

»Und hat Ihnen der Gottesdienst gefallen?« Pater Jolliffes rundes Gesicht war voller vergeblicher Hoffnung.

Treacher lächelte schmallippig, aber er wurde nicht weich. »Er war ... interessant.«

Pater Jolliffe wand sich unter der Mißbilligung seines Vorgesetzten, und die Situation war eigentlich geeignet, ihn frösteln zu lassen beziehungsweise, auf Treachers Seite, sie zu genießen und sich kurz zu freuen, aber sie wurde von der Moderatorin einer Kochduell-Fernsehshow unterbrochen, die der Pfarrer zwar nicht kannte, die ihm aber trotzdem um den Hals fiel und »Oh, Schätzchen« ausrief.

Im kulinarischen Klammergriff mußte Pater Jolliffe hilflos mit ansehen, wie der Erzdiakon von der langsamen Strömung davongetragen wurde, hinaus auf den plappernden Friedhof, wo zahlreiche Mitglieder der Trauergemeinde, wie Treacher bemerkte – heiliger Boden hin oder her – sich fieberhaft Zigaretten anzündeten.

Der Bericht, den er dem Bischof ein paar Tage später erstattete, war wenig freundlich, was den Bischof (der früher, auch wenn das hier nichts zur Sache tut, ein guter Hürdenläufer gewesen war) traurig stimmte. Er fragte Treacher etwas hinterlistig, ob er denn trotz allem Spaß an dem Gottesdienst gehabt hätte.

»Ich fand«, antwortete Treacher, »es war eine nützliche Lehrstunde über die Notwendigkeit des Rituals. Oder jedenfalls der Form. Das Ritual ist ein Weg, ein Pfad zwischen Hecken, eine Schneise, auf der ein Pfarrer seine Gemeinde führen kann.«

»Ja«, sagte der Bischof, der das schon oft gehört hatte.

»Läßt man das Gatter offen und sagt man ihnen gar, daß es offen ist, dann rennen sie sofort hindurch und zertrampeln alles, was ihnen im Weg steht.«

»Sie reden von der Gemeinde wie von Vieh, Arthur.«

»Nein, Bischof, nicht Vieh. Schafe. Und dieses Bild benutzt auch eine bekannte Autorität in der Heiligen Schrift. Es war ein wildes Durcheinander. Jeder durfte mal.«

»Ja«, sagte der Bischof wieder. »Aber trotzdem – dieses Mädchen aus der Gartensendung, dieser Fußballer, der immer so höflich ist – ich wünschte wirklich, ich wäre dabeigewesen.«

Treacher, der sich gesundheitlich nicht ganz auf der Höhe fühlt, scheidet an dieser Stelle aus unserer Erzählung aus, und das ist bedauerlicher, als man angesichts seiner unfreundlichen und strengen Bemerkungen vermuten sollte. Auch wenn ihm die Gedenkfeier und ihr allzu sentimentales Finale sehr mißfallen hatten, muß man seine Haltung doch nicht über die Maßen kritisieren, denn sie steht in dieser Geschichte für Würde, Formbewußtsein und Selbstbeherrschung.

Weniger Gefühl, das war es, was Treacher wollte, denn seiner Ansicht nach sollte die Kirche ein Bollwerk gegen die allgemeine emotionale Verweichlichung sein. Die Gelegenheiten, seinen Gefühlen öffentlich und sogar im Fernsehen freien Lauf zu lassen, wurden immer mehr – Bekenntnisse, Trauer, Wut, und immer nah am Wasser – und daher meinte Treacher, daß ein Ort der trockenen Selbstkontrolle dringend benötigt wurde, und dieser Ort war die Kirche. Das war keine besonders populäre Meinung, und manchmal fühlte er sich wie ein Jesuit auf der Flucht im elisabethanischen England: versteckt im Untergrund, aber an seinem alten Glauben festhaltend, auch wenn die Pfeiler dieses Glaubens, nämlich Diskretion, Zurückhaltung und Ehrfurcht vor der Tradition eher zu einem Schneider als zu einem Geistlichen zu passen schienen.

Als der Erzdiakon den heiligen Boden verlassen hatte, zündete er sich eine Zigarette an; ein weiterer Beweis, daß mehr in diesem Mann steckte, als in unserer Geschichte berichtet wird. Es hatte für kurze Zeit eine Mrs. Treacher gegeben, eine nette Frau, aber sie war gestorben. Auch er würde bald sterben, und zumindest der Bischof würde erleichtert sein.

Am Kirchentor schüttelte Geoffrey bis zuletzt Hände, und die letzte war wie üblich Miss Wishart, die immer noch auf ihrer angeblichen Verwandtschaft mit dem Verstorbenen bestand. »Irgendwer hat was von einem Umtrunk zu Ehren meines Neffen gesagt. Wo wird das wohl stattfinden? Er trank ja am liebsten Sherry, aber ich mag lieber Wein.«

Der Pfarrer wies sie vage in Richtung des Kirchhofes, wo die Leute ohnehin schon lachend und schwatzend wie auf einer Cocktailparty herumstanden. Er war schon selbst von einem blumigen und etwas weitschweifigen Menschen – offenbar ein Verleger, der eine Dame mit steinerner Miene hinter sich her zog – zu Drinks eingeladen worden. Er hatte beide Hände Geoffreys mit seinen warm umfaßt und gesagt, daß er eine brillante Buchidee habe, die er unbedingt mit ihm besprechen müsse.

Diese Ankündigung und das optimistische Finale der Gedenkfeier hätten Pater Jolliffe eigentlich aufmuntern sollen, aber er fühlte sich eher deprimiert. Die Anwesenheit des Erzdiakons konnte nur eins bedeuten: er war getestet worden. Er war sich nicht sicher, wofür, aber es konnte sich eigentlich nur um eine Beförderung handeln. Und er konnte eigentlich nur durchgefallen sein. Er hätte zum Beispiel die Gemeinde nicht zum Mitmachen auffordern sollen. Das hatte er sich nach einem Vorfall bei der Kommission gedacht, als er nach dem Friedenskuß und dem Grad der Geselligkeit beim Abendmahl gefragt wurde. Er hatte bemerkt, daß der Pfarrer dabei in ganz wörtlichem Sinne der Zeremonienmeister sei. Die Kommission hatte darüber gelacht (der Bischof sogar ziemlich laut), Treacher jedoch hatte, wie Jolliffe bemerkte, ganz anders gelächelt und eine seiner dünnen Bemerkungen hingekritzelt. Er war damals nicht begeistert gewesen, und er war es auch heute nicht.

Aber hätte er den Gottesdienst nicht für alle geöffnet, wären die wahren Umstände von Clives Tod nie ans Tageslicht gekommen, und darüber konnte er nicht traurig sein. Der Herr hat's gegeben, der Herr hat's genommen. Er ging in die leere Kirche zurück, um seine Amtskleidung abzulegen.

»Hätte ich den Mund halten sollen?« Hopkins saß immer noch zusammengekauert in der Bank. Jetzt stand er auf und hielt den Rucksack wie einen Schild vor seinen Körper. »Ich frage mich, ob das nicht ungehörig war.«

»Ganz und gar nicht«, sagte Geoffrey und bemerkte, daß der junge Mann die ungewohnte Krawatte gelockert und den ersten Knopf seines Hemdes geöffnet hatte, was ihn noch jünger und weniger altmodisch aussehen ließ. Es fiel schwer, sich ihn an Clives Sterbebett vorzustellen.

»Sie haben das Richtige getan, Mr. Hopkins. Sehr viele Menschen« – er sagte nicht, daß er selbst zu ihnen gehörte – »waren sehr dankbar. Es hat eine Last von ihnen genommen.«

Der Junge setzte sich wieder und umschlang seinen Rucksack. »Dieser junge Mann war aber anscheinend ziemlich angepißt. Der« – er zögerte – »der Schwule?«

Hopkins trug einen wenig überzeugenden Ohrring, den Geoffrey erst jetzt bemerkte, da Ohr und Ring kurz von einem Lichtstrahl gestreift wurden und ein schwaches Leuchten auf dem rosigen Ohrläppchen funkelte.

»Die Leute waren verstört«, sagte Geoffrey. »Clive war …

eben Clive.« Er lächelte, aber der junge Mann sah immer noch unglücklich aus.

»Ich habe mich wie ein Trottel gefühlt.« Er setzte sich und umarmte seinen Rucksack. Plötzlich hellte sich seine Miene auf. »Diese Blondine aus *East-Enders* saß in meiner Reihe. Clive hat mir gar nicht erzählt, daß er sie kannte.«

Geoffrey dachte sich, daß es wahrscheinlich eine ganze Menge Dinge gab, die Clive ihm nicht erzählt hatte, und fragte sich, ob zwischen ihnen wohl etwas passiert war. Wahrscheinlich nicht, schon weil – wie er glaubte – das einheimische Angebot in Lateinamerika bestimmt exotischer und aufregender war.

Er war ein unbeholfener Junge mit großen Händen. Die Sorte junger Männer, die Modigliani zu malen pflegte, und einen Augenblick überlegte Geoffrey, ob er wohl attraktiv war, aber er kam zu dem Schluß, daß er bloß jung war.

»Und dieser Koch, der immer über andere herzieht? Der war auch hier.«

»Ja«, sagte Geoffrey. »Es sind wirklich viele gekommen.« Und dann hatte er das Gefühl, er müsse die Sache beschleunigen. »Sie stehen alle draußen.«

Der junge Mann folgte dem Wink nicht, er bemerkte ihn nicht einmal.

»Haben Sie Clive gekannt?«

»Ja«, sagte Geoffrey und fügte hinzu: »Aber nicht gut.«

»Ich hatte noch nie jemanden sterben sehen. Es war so deprimierend.«

Geoffrey lächelte traurig, als sei ihm dieser Aspekt des Todes ganz neu. Der Junge *war* ein Trottel.

»Kann ich Ihnen etwas zeigen?« Der Student wühlte in seinem Rucksack herum und stellte ihn dann wieder auf den Boden, so daß sich der Pfarrer neben ihn setzen konnte. »Ich mußte nach seinem Tod seine Sachen durchgehen. Es war gar nicht viel, er ist mit leichtem Gepäck gereist. Aber das hier hatte er bei sich.«

Es war ein längliches, rotbraunes Notizbuch mit Stoffbezug, klein genug, um in eine Jackentasche zu passen. Geoffrey meinte, es schon einmal gesehen zu haben, und ließ seine Hand über den glatten, weichen Bezug gleiten.

»Ist es ein Tagebuch?« fragte der Pfarrer.

»Nicht direkt.«

Die Gesellschaft auf dem Kirchhof löste sich langsam auf. Ein Grüppchen hatte sich zum Lunch im *Garrick* verabredet und verabschiedete sich von den anderen. Andere wollten ein neues Restaurant ausprobieren, das in einer umgebauten öffentlichen Toilette eröffnet und gute Kritiken bekommen hatte, obwohl auch ein anderer Vorschlag verlockend klang: ein paar Gäste wollten in eins der letzten echten Speiselokale für die Gepäckträger von Smithfield gehen, wo es ganz hervorragende Kutteln geben sollte.

Die meisten großen Stars waren sofort verschwunden, ihre Wagen hatten ganz in der Nähe gewartet, um sie vor zu viel unmittelbarer Aufmerksamkeit zu schützen. Die Limousine des Popstars setzte diesen zuerst vor seinem Heim ab und brachte dann den Sicherheitsbeamten zur Bank, wo er die Anstecknadel ablieferte, und weiter zu einem Laboratorium in Hounslow, wo er nach den Schätzen Katharinas der Großen nun ein paar Hamster bewachte, an denen Lipgloss getestet wurde. Inzwischen durchkämmten die Autogrammjäger den Rest der Gesellschaft nach dem Bodensatz der Berühmtheit.

»Sind Sie irgendwer?« fragte eine Frau die Begleitung eines Serienstars, »oder sind Sie bloß mit ihm hier?«

»Er war mein Neffe«, sagte Miss Wishart allen, die es hören wollten.

»Wer, meine Liebe?« fragte einer der Fotografen, was Miss Wishart natürlich nicht hörte, aber sie sah so verloren aus, daß er sie trotzdem fotografierte, und das war auch gut so, denn das Foto reichte er später bei der *National Portrait Gallery* ein, wo es zwischen dem Bühnenportier des *Haymarket Theatre* und dem *maître d'* des Ivy als eins der »Gesichter Londons« zu sehen war.

Bald jedoch begann es leicht zu regnen, und innerhalb von Minuten war der Kirchhof leer und sah nach seinem kurzen Augenblick des Ruhms und Glanzes wieder so verlassen und schmuddelig aus wie immer.

»Nein, es ist kein Tagebuch«, sagte Hopkins. »Eher so eine Art Auftragsbuch.«

Es war auf jeder Seite in Spalten unterteilt, die alle numeriert waren – vielleicht die Wochen oder Monate des Jahres; in der breiteren ersten Spalte standen viele Initialen, in den anderen Spalten Zahlen, möglicherweise Geldsummen. Die Zahlen standen dicht gedrängt, aber ordentlich geschrieben wie von einem sorgfältigen Buchhalter.

»Können Sie was damit anfangen?« fragte der junge Mann und fuhr mit dem Finger die erste Spalte hinunter. »Das sind Leute, nehme ich an.«

»Das wäre möglich«, sagte Geoffrey. »Ich bin mir nicht sicher.« Er hatte gerade seine eigenen Initialen entdeckt und war sich mehr als sicher, obwohl er bemerkte, daß neben seinem Namen nur selten Zahlen standen. Das lag daran, daß Clive nur sporadisch zu Geoffrey kam und oft nicht frei war, wenn er ihn anrief (als Geoffrey jetzt die Zahl seiner Kunden sah, wußte er auch, wieso). Und wenn er dann hereinschaute, dann kam es nicht immer zum Sex (»kein dummes Zeug«, wie Clive das nannte). Geoffrey redete sich ein, daß das an seiner Stellung als Geistlicher lag und daß er zu Clive eine sowohl physische als auch geistliche Beziehung habe. Das lief jedoch oft darauf hinaus, daß er für Clive Rührei machte, während der in Unterhose auf dem Sofa lag und fernsah. Häuslicher ging es bei Geoffrey daheim nie zu.

Dennoch hatte er immer darauf bestanden, für Clives Gunst zu bezahlen (daher auch die Eintragungen im Notizbuch), auch wenn er damit nur die Fiktion untermauern wollte, daß es in ihrer Freundschaft nicht nur um Sex ging. Andererseits konnte man es auch kaum als Freundschaft bezeichnen, wenn er dafür bezahlte, aber das hatte er immer geflissentlich zu übersehen vermocht.

»Habt ihr euch oft gesehen? In Peru?«

Geoffrey wollte zu gern umblättern, damit die verräterischen Anfangsbuchstaben nicht mehr zu sehen waren.

»Ja. Wir haben ziemlich oft zusammen gegessen. Ich habe nie ganz begriffen, was er da eigentlich gemacht hat.«

»Was haben Sie denn gegessen?« fragte Geoffrey. »Eier?«

»Meistens Bohnen. Er hat mir erzählt, daß er herumreist. Sich die Welt anschaut.«

So unbeteiligt wie möglich blätterte Geoffrey die Seite um.

»Diese Zahlen«, sagte Hopkins und blätterte zurück, »was haben sie wohl zu bedeuten, was glauben Sie?«

»Auf dieser Seite stehen sie auch«, sagte Geoffrey und blätterte wieder um. »Und hier auch«, er blätterte weiter.

Hopkins schneuzte sich, wischte sorgfältig die Nase ab und steckte das Taschentuch ein. »Glauben Sie, es geht um Sex?«

»Sex?« fragte Geoffrey mit gespielter Überraschung. »Warum sollte es um Sex gehen?« Er schaute Hopkins an, als sei diese Verbindung nur in seinem Kopf entstanden, und der junge Geologe tat ihm fast leid, als er errötete.

»Clive war Masseur. Das könnten seine Honorare sein – wenn es überhaupt um Bezahlung geht. Ich glaube, einmal, als er besonders knapp bei Kasse war, hat er Leuten auch im Haus geholfen, Tischlerarbeiten und so. Das könnte es sein.«

»Ach ja? Sie sagen, er war Masseur. Mir hat er erzählt, er sei Schriftsteller.«

Geoffrey lächelte und schüttelte den Kopf.

»Ich vermute, daß es eine Art Tagebuch ist, und ich bin nicht der Ansicht«, fügte er etwas herablassend hinzu, »daß man die Tagebücher anderer Menschen lesen sollte, nicht wahr?«

Hopkins wurde noch kleiner, und Geoffrey haßte sich selbst dafür. Er blätterte weiter. Neben einigen Namen waren kleine Symbole gezeichnet, die anscheinend sexuelle Vorlieben oder Praktiken andeuteten, vielleicht eine Art Kurzschrift für die Neigungen seiner Kunden, und manche der Zeichen waren offensichtlich. Durchgestrichene Lippen mußten zum Beispiel heißen, daß die betreffende Person nicht geküßt werden wollte; Lippen mit einem Häkchen das Gegenteil. Aber was hatte ein gezeichneter Fuß zu bedeuten? Oder ein Ohr? Oder (einmal zu sehen) zwei Ohren?

Keine der Zeichnungen war irgendwie obszön, und sie waren überhaupt so klein und stilisiert, daß sie für sich kein Interesse wecken konnten; wofür sie standen – manchmal drei oder vier Zeichen nebeneinander – war um so rätselhafter und spannender.

Die ausgeschriebene Notiz, die Geoffrey beim Umblättern entdeckte, schockierte ihn deshalb in ihrer naiven Direktheit geradezu:

Paläste, in denen ich es gemacht habe:
Westminster
Lambeth
Blenheim
Buckingham (2)
Windsor

Windsor war jedoch mit der Bemerkung »Kein Palast« durchgestrichen, und von Westminster ging ein Pfeil zu einem Kreis, in dem stand »Kann ich nicht mehr zählen«. So gerade heraus hingeschrieben, wirkte die Liste so kindisch und unelegant, daß sie überhaupt nicht nach Clive aussah, auch wenn sie als Notiz für ein Buch durchaus ihren Sinn haben mochte.

»Es ist wirklich einigermaßen traurig«, sagte Geoffrey, immer noch in seinem herablassenden Ton. »Warum hat er das alles überhaupt aufgeschrieben? Wen sollte das interessieren?«

»Oh, ich mache mir auch Notizen«, sagte Hopkins. Und als der Pfarrer aufblickte, fügte er erschrocken hinzu, »nein, nicht darüber. Bloß über Steine und so. Er hat mir erzählt, daß er an einem Buch schreibt, aber das sagen viele Leute, oder? Besonders in Südamerika.«

Clive hatte tatsächlich darüber gesprochen, ein Buch zu schreiben, oder jedenfalls angedeutet, daß er ein Buch schreiben könne. »Ach, ich könnte ein Buch schreiben«, hatte er viele seiner unglaublichen Anekdoten beendet. Vielleicht hatte Geoffrey sogar einmal gesagt, »Warum tust du's nicht?«, ohne sich im Traum vorzustellen, daß Clive es tatsächlich in die Tat umsetzen könnte.

Doch wie viele, die der Kunst nacheifern, hob sich Clive die Ausführung für später auf, vielleicht nicht gerade für lange Winterabende, aber doch zumindest, bis sich die richtige Gelegenheit bot – vielleicht ein Gefängnisaufenthalt, eine lange Krankheit oder eine längere Reise in abgelegene Gebiete. Und das war Peru natürlich, und deshalb hatte er, so nahm Geoffrey an, das Notizbuch mitgenommen.

Aber er war sich nicht sicher. Clive war immer so diskret gewesen; selbst, wenn er von sexuellen Eskapaden berichtete, hatte er selten Namen genannt, und schon gar nicht die Namen, die an der Trauerfeier teilgenommen hatten. Diese eiserne Diskretion sicherte seinen geschäftlichen Erfolg, daher würde er sich hüten, sie leichtfertig aufs Spiel zu setzen. Jedenfalls noch nicht.

Hopkins schien sich weniger für das Tagebuch zu interessieren, und als Geoffrey es zuklappte und zwischen ihnen auf die Kirchenbank legte, griff der junge Mann nicht danach, sondern starrte nur ins Leere.

Dann: »Wenn es allerdings um Sex ginge und das alles Initialen sind, die man identifizieren könnte, dann wäre das natürlich Dynamit.«

»Nun ja, eher schwaches Dynamit«, entgegnete Geoffrey, »und auch nur dann«, er lächelte den jungen Mann an, »wenn jemand vorhätte, Informationen zu veröffentlichen ...« Er ließ den Satz unvollendet. »Und das wäre natürlich ...« Er ließ auch diesen Satz unvollendet, allerdings raste genau in diesem Moment draußen eine Polizeisirene vorbei. Geoffrey seufzte. Gott war manchmal so plump. »Außerdem«, fuhr er fort, »wenn es tatsächlich nur um Sex geht, und da bin ich mir nicht mal sicher, dann ist es schließlich nicht ungesetzlich, oder?« Er fragte sich, wie lange er sich noch so dumm stellen konnte.

Der junge Mann glaubte sich einem Mann gegenüber, der noch naiver war als er selbst, und beschloß, ihm den Lauf der Welt zu erklären. »Nein«, sagte er geduldig, »aber es wäre eine tolle Story. Wahrscheinlich sogar mehrere Storys. Storys, für die eine Zeitung eine Menge Geld bezahlen würde.«

»Aber das würden Sie doch sicher nicht tun?«

»Ich nicht, aber vielleicht jemand anderes.« Hopkins nahm sich das Buch. »Ich habe mir gedacht, ich könnte es der Polizei übergeben.«

»Der Polizei?« Plötzlich ärgerte sich Geoffrey über die Dummheit des Jungen. »Warum das denn?«

»Zur Sicherheit?«

»Sicherheit«, rief Geoffrey und zerstörte damit die Tarnung des Ahnungslosen. »Sicherheit? Wieso wollen Sie dann überhaupt zur Polizei? Da können Sie auch gleich den Zwischenhändler umgehen und es direkt der Klatschpresse aushändigen.«

Hopkins erschrak über diesen plötzlichen Ausbruch und sah nun noch unglücklicher aus. »Ich weiß auch nicht«, sagte er und rieb sein Kinn an der Klappe seines Rucksacks. »Ich möchte ja bloß das Richtige tun.«

Das Richtige war Nichtstun, aber das sagte Geoffrey nicht. Statt dessen dachte er an all die Menschen hinter den Anfangsbuchstaben, die gequälten Schriftstellerinnen, die tränenreichen Gärtnerinnen und die regungslosen Serienstars, Clives prominente Kundschaft, eine nach dem anderen ins gnadenlose Scheinwerferlicht gezerrt. Es mußte etwas getan werden.

Er legte dem jungen Mann die Hand aufs Knie.

Er spürte, wie Hopkins zusammenzuckte, aber er ließ seine Hand, wo er sie hingelegt hatte, oder vielmehr, wo Gott sie hingelegt hatte, wie er später beschloß. Denn so zahm und ängstlich diese Geste auch scheinen mochte (und für jemanden von Clives Raffinesse ganz natürlich und beinahe instinktiv), für Geoffrey war sie bedeutsam, riskant und von Angst vor peinlichen Verwicklungen begleitet. Er hatte so einen kühnen Schritt noch nie im Leben getan, und nun war es ohne Nachdenken und fast ohne Gefühl geschehen.

Der junge Mann war nicht sehr auffällig, zu unbeholfen und eckig; auf der Straße hätte er ihn kein zweites Mal angesehen. Aber hier saß er nun und hatte ihm die Hand aufs Knie gelegt. »Wie heißt du?«

»Greg«, sagte Hopkins schwach. »Ich heiße Greg.«

Geoffrey hatte nicht im geringsten damit gerechnet, daß seine Hand auf dem Knie des jungen Mannes willkommen sein würde, und das war sie, nach dessen panischem Gesichtsausdruck zu urteilen, offenbar auch nicht. Greg war versteinert.

»Ich frage mich, Greg« sagte Geoffrey, »ob wir das jetzt alles richtig im Blick haben. Wir unterhalten uns darüber, was wir mit dem Notizbuch machen sollen, wenn es doch rein *rechtlich*« – er drückte das Knie leicht – »gar nichts mit uns zu tun hat.«

»Hat es nicht?«

»Hat es nicht. Das Notizbuch gehört schließlich Clive. Und damit jetzt zu seinem Erbe. Und wem gehört dieses Erbe jetzt … oder jedenfalls bald?«

Hopkins schüttelte den Kopf.

»Seiner einzigen lebenden Verwandten. Miss Wishart!«

Der Pfarrer lockerte den Griff am Knie, doch seine Hand blieb einen Moment unschlüssig dort schweben, als wolle sie gleich an Hopkins' Bein emporwandern. Wie elektrisiert sprang der junge Mann auf. Doch auch der Pfarrer stand auf, so daß sie beide sich in der Enge der Kirchenbank aneinander drängten, wobei der Geistliche anscheinend ganz gelassen blieb und das übliche Lächeln seines Berufsstandes nie von seinen Zügen wich.

Hopkins war nun so unklug, seine Hand auf die Lehne zu legen. Sofort legte Geoffrey seine darauf.

»Nein, nein«, stammelte Hopkins.

»Nein was?« fragte Geoffrey freundlich.

»Nein, sie soll das Buch bekommen.« Hopkins zog seine Hand weg, um das Notizbuch aufzuheben, das noch auf der Bank lag. »Wo kann ich sie finden?«

»Sie kommt regelmäßig in die Kirche. Ich kann es ihr geben.« Geoffrey griff nach dem Buch, und Hopkins, der befürchtete, der Pfarrer greife auch nach ihm, überließ es ihm kampflos.

»Ich kann es ihr als Erinnerungsstück an ihren Neffen überreichen. Es ist sogar die einzige Erinnerung.« Er streichelte das Buch sanft, und diesen Moment nutzte Hopkins, um aus der Bankreihe zu schlüpfen und die Flucht zur Tür anzutreten. Aber er war nicht schnell genug, um der Hand des Geistlichen zu entgehen, die sich weit unten auf seinen Rücken legte und die grauenhafte Möglichkeit andeutete, daß sie noch tiefer rutschen könnte.

»Ja«, sagte Hopkins, »geben Sie es ihr. Sie ist die Richtige.« Dann blieb er plötzlich stehen, um seinen Rucksack aufzusetzen, wodurch er die Hand los wurde, die sich aber kurz darauf – noch schlimmer – auf seinem Bauch wiederfand, so daß er einen unfreiwilligen heiseren Schrei ausstieß. Der Pfarrer hob die Hand mit einem nichtssagenden Lächeln und machte aus der Bewegung beinahe so etwas wie einen Segen.

»Wird sie nicht geschockt sein?« fragte Hopkins, als er seinen Rucksack zurechtrückte. »Sie ist schließlich eine alte Dame.«

»Nein«, sagte Geoffrey überzeugt. »Und das sage ich als ihr Gemeindepfarrer, Greg. Sie ist zwar eine alte Frau, aber ich weiß aus Erfahrung, daß alte Menschen schwer zu schockieren sind. Aber bei den jungen muß man sich vorsehen. Die sind heutzutage viel prüder.«

Hopkins nickte. Ironie und Geologie paßten offenbar nicht zueinander.

»Möchtest du vielleicht noch eine Tasse Tee?« Geoffrey strich über den Rucksack.

»Nein«, sagte Hopkins hastig. »Nein, ich muß noch wohin.«

Geoffrey, immer noch breit lächelnd, streckte seine Hand aus.

Der junge Mann schüttelte ihm die Hand und schoß aus der Kirchentür und quer durch die nassen Grabsteine. Geoffrey bemerkte, daß er viel zu große, leicht hüpfende Schritte machte, die er immer mit Querflötisten, Eisenbahnfanatikern und anderen weltfremden und wenig attraktiven Gestalten assoziiert hatte.

Doch dann passierte etwas Seltsames, dem Geoffrey später prophetische Bedeutung zuschrieb. Oder zumindest zeichenhafte. Der Junge hatte eine Wollmütze aus der Tasche gezogen und blieb stehen, um sie aufzusetzen. Er sah, daß der Pfarrer immer noch in der Tür stand. Plötzlich und unerwartet lächelte er und hob die Hand. »Tut mir leid«, rief er, wandte sich zum Gehen, blieb aber noch einmal stehen. »Aber trotzdem vielen Dank.«

Geoffrey setzte sich in die nächste Bank. Er zitterte. Nach einer Weile stand er auf und ging in die Sakristei, wo er den Safe öffnete, in dem die Kirchenurkunde, der Abendmahlskelch (*Schofield of London*, 1782) und die Hostienteller (*Forbes of Bristol*, 1718) in ihren mit Samt ausgeschlagenen Kästen lagen. In das Fach darunter legte er Clives Buch.

In den folgenden Wochen öffnete Geoffrey des öfteren den Safe und warf einen Blick in das Buch, versuchte, Clives Geheimschrift zu entziffern und das Ausmaß und die Qualität seiner Aktivitäten zu erkennen. Nichts von alledem schockierte ihn: Er fand das Ganze bloß ein bißchen aufregend, es war das Maß an sozusagen pornographischer Unterhaltung, das er sich zubilligte.

Ob es an dem Buch lag oder an dem beinahe unfreiwilligen Annäherungsversuch, dem er seinen Besitz verdankte – Geoffreys Leben wandelte sich. Nachdem ihm die sofortige Beförderung entgangen war, wurde er … nun ja, entspannter, und obwohl Entspannung nicht gerade ein zentraler Bestandteil der christlichen Botschaft ist, fühlte er sich doch viel wohler so.

Es könnte also daran gelegen haben, daß er lockerer mit sich selbst umging, oder daran, daß sein einmaliger Flirt mit dem Geologiestudenten das Eis gebrochen und ihn kühner gemacht hatte, was es auch war, gelegentlich hatte er nun Affären, besonders mit dem kreuztragenden Busfahrer, der zwar verheiratet war, darin aber kein Problem sah. Ebensowenig wie Geoffreys Beichtvater, der ihn von allen begangenen Sünden freisprach und ihm nahelegte, diese und andere Erfahrungen nicht als Abweichungen vom schmalen Pfad der Tugend, sondern eher als Teil einer Lernkurve zu sehen. Das war zwar kein Ausdruck, den Geoffrey besonders treffend fand, aber er widersprach nicht. Er selbst betrachtete seine Entwicklung, wenn auch nur im stillen, als Gnade.

Er behielt das Buch im Safe, denn es stand für ein kühnes und unerschrockenes Leben, wie auch er es gern gelebt hätte. Er war zufällig gerade bei der Beichte gewesen, und so wie ein Zuckerkranker, dessen Blutzuckerwerte besonders gut waren, sich gleich an verbotenem Naschwerk gütlich tut, so wollte auch er sich eine Leckerei gönnen und ging zur Kirche, um Clives Buch hervorzuholen. Er wollte seine Erinnerungen auffrischen, aber auch den immer noch vorhandenen erotischen Schauer genießen, obwohl er die geheimnisvollen Notierungen inzwischen fast auswendig kannte. Er wußte, daß das bemitleidenswert war, und hätte niemandem davon erzählt, außer Clive selbst vielleicht, und das war einer der Gründe, warum er ihn vermißte.

Er öffnete die Kirchentür und sah jemanden vorne an der Seite sitzen. Es war der Geologiestudent, der zusammengesunken in der selben Bank saß wie bei der Trauerfeier.

»Wohlan«, sagte der junge Mann, »so treffen wir wieder zusammen.« Geoffrey schüttelte seine Hand.

»Ich wollte schon früher kommen«, sagte er, »aber meinem Auto geht es nicht so gut.«

Geoffrey brachte ein Lächeln zustande. Als er ihn ansah, dachte Geoffrey, wie erfreulich es war, daß sein Antrag damals abgewiesen wurde. Gott war gnädig gewesen. Es hätte nie gutgehen können.

Hopkins rückte zur Seite, damit Geoffrey sich hinsetzen konnte, wie bei ihrem ersten Gespräch.

»Ich bin zurückgekommen«, sagte er, als wäre er heute morgen erst aus der Kirche geflohen. »Ich habe darüber nachgedacht, und ich dachte mir, warum nicht?« Und dann wandte er sich dem Pfarrer zu, blickte ihm ernst ins Gesicht und legte die Hand auf sein Knie. »In Ordnung?«

Geoffrey sagte nichts.

Man hörte ein Klicken, dann noch eins, dann das Drehen eines Schwungrads, und leise, wie aus großer Entfernung, hörte Geoffrey das Knirschen der Zahnräder, als die Uhr sich zum Schlagen bereitete.

VATER, VATER LICHTERLOH

Jedesmal, wenn Midgley seinen Vater umgebracht hatte, war der Tod ganz leicht gewesen. Er war schnell, schmerz- und kampflos gestorben. Im Rückblick mußte Midgley zugeben, daß er seinem Vater nicht einmal mit diesen Todesphantasien gerecht geworden war. Es sah ihm gar nicht ähnlich, so zu sterben. Und er tat es auch nicht.

Das Timing war gut, das mußte Midgley zugeben. Nur sein Vater war imstande, seinen Abschied mitten in die »Elternsprechwoche« zu legen. An dieser Einrichtung hatte Midgley ohnehin nicht viel Freude. Jedes Jahr war er wieder erschüttert, wie jung die Eltern geworden waren, vor allem die Väter. Die meisten hatten mindestens ein Tattoo, Ohren und Nasen waren selbstverständlich gepierct. Midgley konnte sehen, woher so viele seiner Schutzbefohlenen es hatten. Einer der Väter trug eine Halskette mit Hakenkreuz, die Midgley bei einem Schüler wahrscheinlich konfisziert hätte. Und eine der Mütter, mit denen er gesprochen hatte, trug ihr Haar grün. »Nicht bloß grün«, murmelte Miss Tunstall, »leuchtend giftgrün. Und da wundert man sich, daß die Mädchen schwanger werden.«

Das war der eigentliche Zweck dieser Begegnungen. Die Lehrer waren von den Eltern angewidert, fanden ihre Mängel aber auch beruhigend. Wer konnte bei solchen Eltern, so meinten sie, ernsthaft den Schulen die Schuld in die Schuhe schieben? Die Eltern wiederum erinnerten sich an ihre Lehrer als Respektspersonen mit Würde und Autorität und konnten bei den heutigen Pädagogen nichts davon finden. Von Ehrfurcht war da nichts zu spüren. »Viel zu menschlich«, lautete das Urteil. Und so waren am Ende die biologischen wie die staatlichen Erziehungsberechtigten wenn schon nicht zufrieden, so doch wenigstens freigesprochen. »Ist es denn ein Wunder?« fragten sich die Lehrenden nach einem Blick auf die Eltern. »Das haben sie alles aus der Schule«, sagten die Eltern.

»Coretta hat so 'ne unglaublich heftige Monatsblutung. Glauben Sie mir, Mr. Midgley, so 'ne Menstruation hab' ich noch nie gesehn.« Mrs. Azakwale versuchte, das schwache Abschneiden ihrer Tochter im Englischunterricht zu erklären. »Sie is' bis zu den Knöcheln im Blut gewatet, Mr. Midgley. Ich hab' den ganzen Tag im Waschsalon gestanden.« Hinter Mrs. Azakwale lauschte Mr. Horsfall mit unverhohlener Skepsis und schüttelte langsam den Kopf, als Midgley ihn ansah. Hinter Mr. Horsfall lächelte Mr. Patel verlegen, weil die massige schwarze Frau all diese schrecklichen Sachen so laut sagte. Und hinter Mr. Patel waren die Stühle leer, sah Midgley.

Mrs. Azakwale zog mit Corettas blutigen Beschwerden weiter zur Schlange beim Informatiklehrer, und Midgley sah sich Mr. Horsfall und Martin gegenüber.

Mr. Horsfall färbte seine Haare nicht und trug auch keinen Ohrring. Sein Kurzhaarschnitt war zwar modisch, die Langhaarmode hatte er jedoch nie mitgemacht. Auch sein Sohn Martin hatte noch nie einen Fön gebraucht; auch seine Ohren waren unversehrt. Mr. Horsfall war Kriminalkommissar.

»Ich unterrichte Martin in Englisch, Mr. Horsfall«, sagte Midgley und wünschte, er hätte nicht »Hoffnungslos« in Martins Lernbericht geschrieben, den Mr. Horsfall jetzt in seiner schrecklichen Polizistenpranke hielt.

»Martin? Nennen Sie ihn etwa so?«

»Aber so heißt er doch.« Einen panischen Moment lang fürchtete Midgley, er hieße nicht so, und der Vater würde ihm nun vorwerfen, nicht einmal den Namen seines Sohnes zu kennen.

»Er heißt Horsfall. Martin nennen ihn seine Mutter und ich. Ich würde meinen, für Ihre Zwecke sei Horsfall passender. Sind Sie verheiratet?«

»Ja.«

Horsfall schien wenig beeindruckt. Er hatte als junger Wachtmeister lange Nächte auf öffentlichen Herrentoiletten zugebracht. Viele der Besucher hatten sich als verheiratet und einige als Lehrer herausgestellt. Für die Ehetauglichkeit mußte man sich keiner medizinischen Untersuchung unterziehen, keinen nen-

nenswerten Fragebogen ausfüllen. Für diese Leute war die Ehe bloß das Gebüsch, hinter dem sie sich versteckten.

»Wie redet mein Sohn Sie an?«

»Mit Mr. Midgley.«

»Nicht mit Sir?«

»Manchmal auch das.«

»Schulen ...« Horsfall schnaubte verächtlich.

Sein Sohn müßte klein, verängstigt und intelligent sein, und Midgley der verständnisvolle Lehrer, der ihm gegen seine dumpfen und übermächtigen Eltern zur Seite stand. Er würde ihm Bücher in die Hand geben und helfen, daß er aufblühte, damit er in späteren Jahren zurückblickte und dachte, »Wenn dieser Lehrer nicht gewesen wäre ...«. An solchen Mythen hielt sich Midgley fest, wenn er in den frühen Morgenstunden erwachte oder durch den Nachmittagsunterricht döste. Aber es waren eben Mythen. Martin war groß und dumm. Er war nicht unglücklich. Er würde niemals aufblühen. Er war noch nicht einmal verlegen. Er war wahrscheinlich sogar auf seines Vaters Seite, dachte sich Midgley, als er ihn da sitzen sah, wie er auf seine vom Vater geerbten großen Hände starrte und ab und zu an einer der mit lila Tinktur behandelten Warzen kratzte.

»Was mir Sorgen macht«, sagte Horsfall, »ist folgendes: er kriegt kaum einen zusammenhängenden Satz zustande.«

Und das war besonders schmerzlich für einen Mann, der sich in seinem Beruf darauf spezialisiert hatte, die gestammelten Geständnisse halber Analphabeten in geradlinige Polizistenprosa zu verwandeln. Er konnte es doch auch. Er konnte es auch um vier Uhr morgens noch, wenn er den ganzen Tag Wiesen durchkämmt und Teiche durchsucht hatte, von der Befragung halber Wohnviertel mal ganz zu schweigen. Warum konnte sein Sohn es nicht?

»Du machst mich lächerlich, Martin, weil ich deinetwegen hierherkommen muß. Ich habe ja nichts dagegen, hierherzukommen. Aber ich würde gern als stolzer Vater herkommen. Mir anhören, was du geleistet hast. Deinen Namen in goldenen Lettern auf der Ehrentafel lesen. Martin Horsfall. Aber nein. Was gibt es statt dessen? Erdkunde: Schwach. Geschichte: Schwach. Englisch: Hoffnungslos. Sport: Bloß durchschnittlich. Warum, Martin?

Warum, Mr. Midgley? Und warum hoffnungslos? Erdkunde: Schwach. Geschichte: Schwach. Englisch: Hoffnungslos. Ist er hoffnungslos oder Sie?«

»Er gibt sich keine Mühe.«

»Fordern Sie ihn denn? Zu Hause fordern wir ihn. Seine Mutter und ich, wir fordern ihn. Wird er in der Schule auch gefordert? Ich sehe es nicht.« Horsfall sah sich um, aber sein Blick traf nur Mr. Patel, der voller Vorfreude auf sein Gespräch lächelte. Mr. Patels Sohn war intelligent. Schwarze, Inder. Daran lag es. Herausforderung. Welche Herausforderung gab es für seinen Sohn?

»Ich habe nie solche Chancen bekommen wie er. Und ich nehme mal an, Sie auch nicht. Wir hatten nie so gute Chancen, Martin.«

Bei dem »Wir« zuckte Midgley zusammen, weil er sich plötzlich mit den Handschellen eines gemeinsamen Personalpronomens an Horsfall gefesselt sah.

»So eine Schule. Moderne Gebäude. Licht. Luft. Erstklassige Sportanlagen. Volleyball. Wenn jemand zu mir gesagt hätte, als ich so alt war wie du, ›Wir haben hier auch eine Volleyballanlage‹, dann wäre ich auf die Knie gefallen. Was hast du dazu zu sagen?«

Auf diese Frage gab es keine offensichtliche Antwort. Eigentlich war es auch gar keine Frage. »Rechtfertige dein Leben«; das wurde hier von einem dümmlichen und schmuddeligen Jugendlichen verlangt. Der Junge sah keinen Grund für eine Rechtfertigung und schwieg; der Vater wartete.

Und mitten in dieses Schweigen kam Miss Tunstall mit der Nachricht, daß das Krankenhaus angerufen habe. Sie erkannte allerdings, daß es nicht einfach nur eine Konversationspause, sondern essentieller Bestandteil des Gesprächs war, und platzte nicht einfach dazwischen, sondern gestikulierte hinter Mr. Horsfalls Kopf, der sich – als Polizist immer auf der Hut vor Spöttern im Rücken – sofort umdrehte. Also teilte Miss Tunstall ihm die schlechte Nachricht mit (er war ohnehin gewohnt, mit Rettungswagen, Krankenhäusern und Krisen jeder Art umzugehen).

»Das Krankenhaus hat gerade angerufen. Mr. Midgleys Vater ist eingeliefert worden.« Und erst dann, nachdem sie ihre Botschaft überbracht hatte, sah sie Midgley an, der also quasi aus zweiter Hand und als eine Art Entschuldigung erfuhr, daß sein Vater im Sterben lag.

»Sie rufen auf der Station an«, sagte Midgley. »Er ist anscheinend gestürzt.« Mit einem Ohr war er in Miss Tunstalls Büro, mit dem anderen im Nichts einer fünfzig Meilen entfernten Telefonzentrale.

»Beten Sie, daß es nicht die Hüfte ist«, sagte Miss Tunstall. »Das ist normalerweise die schwache Stelle.« Sie hatte selbst eine Mutter. »Das Becken heilt erstaunlicherweise ganz schnell.« Sie klang allerdings gar nicht erstaunt. Ihre Mutter hatte sich das Becken gebrochen, und sie hatte gedacht, das sei der Anfang vom Ende. »Nein, kompliziert wird es erst, wenn es die Hüfte ist.«

»Die rote Lampe der Zentrale blinkt«, sagte eine Stimme.

»Was soll ich erst sagen«, antwortete eine andere, »meine rote Lampe blinkt schon den ganzen Tag.«

»Schwerer Fall von Antriebsschwäche«, sagte die erste Stimme.

»Hallo«, sagte Midgley. Schweigen.

»Sie ist böse im Supermarkt gestürzt«, fuhr Miss Tunstall fort. »Das passiert, wenn sie älter werden. Damit muß man rechnen.« Sie rechnete jederzeit damit. »Ihre Knochen werden mürbe.«

Sie knackte mit den Fingerknöcheln und justierte den Zeilenabstand.

»Wartung«, sagte eine neue Stimme.

»Ich bin wohl falsch verbunden«, sagte Midgley.

»Das sind diese Hilfsarbeiter«, sagte Miss Tunstall. »Halten das ganze Land im Schwitzkasten. Mit dem Leid anderer Leute machen sie sich einen schönen Tag.« Sie wollte mit ihrer schriftlichen Ermahnung an die Eltern einiger Jungen vorankommen, die sich im Schwimmbad danebenbenommen hatten, aber sie hatte das Gefühl, damit warten zu müssen, bis Midgley gehört hatte, was los sei. Ihre Mutter war zweiundachzig. Die letzten zwanzig Jahre waren nicht einfach gewesen, und wenn sie gewußt hätte, was sie erwartete, dann hätte sie ihre Mutter wahrscheinlich erstochen, als sie sechzig wurde. Heutzutage bekam man für so etwas ja bloß eine Bewährungsstrafe oder schlimmstenfalls offenen Vollzug. Miss Tunstall hatte einmal mit der Schule eine solche Anstalt besichtigt und sie durchaus ansprechend gefunden. Im Grunde ein Zuckerschlecken.

»Die Buchhaltung ist wieder auf dem Kriegspfad«, sagte eine Stimme in Midgleys Ohr.

»Ein Unglück kommt selten allein«, sagte eine andere.

»Muß ich die sterilisieren?« fragte eine schwarz klingende Stimme.

»Frag mich mal«, antwortete eine emanzipiert klingende.

»Hallo«, sagte Midgley. »HALLO.«

Miss Tunstall begann leise zu tippen.

Midgley stellte sich seinen Vater im Krankenbett vor: Er lag womöglich im Sterben, aber wollte niemandem damit zur Last fallen.

»Keine guten Nachrichten?« fragte Miss Tunstall, die unsicher war, ob sie die Worte *Gefahr eines schweren Unfalls* unterstreichen sollte. »Und dann wundern sie sich, wenn die Leute alle zu den Privatkassen rennen.«

Midgley war schon überzeugt, daß man ihn vergessen hatte, als plötzlich eine kernige Stimme sich meldete: »Schwester Tudor.«

»Ich rufe wegen eines Patienten an, ein Mr. Midgley.«

Miss Tunstall legte wartend die Hände auf die Tasten.

»Wie ist der Name des Patienten?«

»Midgley«, sagte Midgley. »Er ist heute morgen zu Ihnen gekommen.«

»Wann wurde er eingeliefert?«

»Heute morgen.«

»Midgley.« Eine Pause. »Wir haben keinen Midgley. Es ist kein Midgley eingeliefert worden. Sind Sie sicher, daß Sie bei der richtigen Station sind?«

»Er wurde heute morgen eingeliefert. Man hat mir gesagt, daß er schwer krank sei.«

»Oh ja.« Ihr Tonfall änderte sich. »Midgley. Wie ist Ihr Name?«

»Midgley.«

»Sind Sie der nächste Angehörige?«

»Mein Vater ist tot«, dachte er. »Nur Tote haben nächste Angehörige.«

»Ich bin sein Sohn.«

Miss Tunstall legte ihre Hände in den Schoß.

»Es geht ihm sehr schlecht.« Ihr Ton war eher tadelnd als mitfühlend. »Wir glauben, daß er einen Schlaganfall hatte. Er lag auf dem Fußboden. Er hätte viel schneller ins Krankenhaus gebracht werden müssen. Jetzt besteht die Gefahr einer Lungenentzündung. Es steht auf der Kippe.«

»Es steht auf der Kippe«, sagte Midgley, als er den Hörer auflegte.

»Wie alt ist er?« fragte Miss Tunstall.

»Er ist vierundsiebzig.«

Und ihre Mutter war zweiundachzig. Das Leben war nicht fair. Die Tür ging auf.

»Schon wieder am telefonieren, Midgley?« sagte der Direktor. »Und ich muß wieder mit der Spendenbüchse zum Finanzkomitee laufen.«

»Mr. Midgleys Vater ist schwer krank«, sagte Miss Tunstall, erneut die entschuldigende Botin. »Es steht anscheinend auf der Kippe.«

Und dann begann sie wie der Wind zu tippen.

»Natürlich können Sie hin. Natürlich müssen Sie hin. Der Vater. Gar keine Frage. Familiäre Verpflichtung.« Midgley war jetzt im Büro des Direktors. »Es wird natürlich kompliziert. Aber das ist es ja immer.« Der Tod. Eine Umstellung des Stundenplans.

Midgleys Gedanken waren bei seinem Vater auf der Intensivstation.

»War er in fortgeschrittenem Alter?«

Man gab sich alle erdenkliche Mühe, ihn am Leben und in der

Gegenwart zu halten, aber grammatisch rutschte er immer wieder in die Vergangenheit.

»Er ist vierundsiebzig.«

»Vierundsiebzig. Früher habe ich einmal gedacht, das wäre alt. Sie werden doch nicht lange weg sein? So drei, vier Tage?« Der Direktor skizzierte im Kopf schon einen Fahrplan, wie Midgley senior anständig sterben und begraben werden und Midgley junior zurück an der Front sein konnte. Vielleicht konnte man radikale Eingriffe in den Stundenplan vermeiden.

»Lassen Sie mich überlegen. Sie haben Englisch, Werte und Normen und Kunsterziehung, sonst nichts, oder?«

»Umweltkunde.«

Der Direktor stöhnte auf. »Sehen Sie, da wird's kompliziert. Pilbeam ist schon wieder auf Fortbildung. Das ist das Problem mit der Umwelt, die Leute müssen dauernd zu irgendwelchen Seminaren. Ich wäre froh, wenn die Umwelt endlich in ein Lehrbuch verpackt würde. Na ja. Kann man nichts machen.« Er hatte nie verstanden, warum die Leute um ihre Eltern so einen Aufstand machten. »Meine Eltern sind beide vor Jahren abgetreten. Flugzeugbombe.«

Das klang bei ihm wie ein Sieg des gesunden Menschenverstands.

»Er muß gestürzt sein und konnte dann nicht wieder aufstehen«, sagte Midgley. »Er hat zwei Tage dagelegen.«

»Kommt heutzutage leider nur allzu häufig vor«, sagte der Direktor. »Isoliert in der Gemeinschaft. Allein in der Menge. Sie dürfen sich nicht schuldig fühlen.«

»Ich besuche ihn eigentlich jedes Wochenende«, sagte Midgley.

»Das gibt Tomlinson mal wieder die Gelegenheit, seine unglaublichen und unbegreiflichen Tricksereien mit dem Stundenplan vorzuführen. Obwohl ich befürchte, diesmal wird sogar Tomlinsons Talent an seine Grenzen stoßen.«

Der Direktor öffnete die Tür.

»Wir wollen hoffen, daß es nicht so schlimm ist, wie es aussieht. Wir wollen hoffen, daß er noch mal die Kurve kriegt. Heutzutage scheint es immer weniger Kurven in der Medizin zu geben.

Früher haben die Kranken immer noch die Kurve gekriegt. Heute ist die Krankheit offenbar nur noch ein gerader Weg. Wie kommt das?«

Das war keine Frage, auf die er eine Antwort haben wollte.

»Antibiotika?« sagte Midgley und blieb.

»Manchmal bekommt man das Gefühl, daß die moderne Medizin die Patienten zum Trödeln ermutigt.« Es war jedoch Midgley, der sich Zeit ließ.

»Und man hat das Gefühl, daß das eine Fehlentwicklung ist. Gute Fahrt.«

Miss Tunstall hatte den Mahnbrief wegen des schlechten Benehmens im Schwimmbad fertig, und der Direktor warf nun einen Blick darauf und zückte seinen Rotstift. Sie fing mit einem neuen Mahnbrief an, wegen der Schüler, die mit dem Auto zur Schule kamen, einer der Briefe des Direktors nach dem Motto »Privileg, aber kein Recht«. Midgley zögerte immer noch.

»Ich bin nicht sicher, ob wir das deutlich genug formuliert haben, Daphne.«

»Sie haben es genau so diktiert.«

»Daran zweifle ich nicht. Aber meine Einstellung zu der Sache hat sich geändert. Es gibt doch nichts mehr, oder, Midgley?«

Midgley schüttelte den Kopf und ging hinaus.

»Ein Junge rutscht aus. Wird geschubst. Und schon haben wir es mit einer Gehirnerschütterung zu tun. Genickbruch. Todesfall. Ich werde die Schuldigen festnageln. Sie sollen wissen, daß sie dafür ans Kreuz genagelt werden.«

»Soll ich das schreiben?«

Der Direktor sah Miss Tunstall scharf an und fragte sich, ob sie die Wechseljahre schon hinter sich hatte.

»Wir müssen eine geeignete Umschreibung finden. Aber zuerst zu den Problemen, die uns Midgley der Ältere verursacht. Bitten Sie Tomlinson, rüberzukommen, Daphne. Und sagen Sie ihm, er soll seine Buntstifte mitbringen. Und ein Radiergummi.«

»Tomaten oder meine Marmelade?«

»Tomaten.«

Es waren fünfzig Meilen bis zum Krankenhaus. Seine Frau machte ihm Sandwiches. Er saß im Regenmantel am Küchentisch und sah ihr zu, wie sie eine dünne Schicht Margarine auf den Vollkorntoast strich.

»Ich wollte letztes Wochenende hinfahren«, sagte Midgley. »Ich wäre auch hingefahren, wenn deine Margaret nicht plötzlich über uns hereingebrochen wäre.«

»Du wußtest doch, daß sie kommen. Es war seit Wochen angekündigt. Eins der wenigen Dinge, auf die sich Mutter noch freuen kann.« Mrs. Midgleys Mutter stand am Fenster und starrte hinaus. »Schieb nicht unserer Margaret die Schuld in die Schuhe.«

»Ich habe eben nicht damit gerechnet.«

Wenn man mit etwas rechnete, passierte es nicht.

»Ich habe damit gerechnet«, sagte seine Frau und legte eine glänzende Plastikschürze an, auf der ein Porträt von Sylvia Plath prangte.

»Ich habe damit gerechnet. Als ich das letzte Mal bei ihm war, ist er mit zur Tür gekommen und hat mir hinterhergewinkt. Das hat er vorher nie getan. Gott segne ihn!« Sie zog gepolsterte Topfhandschuhe im Union-Jack-Design über und probierte die Sprühflasche mit dem Putzmittel aus. »Ich glaube, die Menschen wissen so was.«

»Er kommt auch sonst mit zur Tür«, sagte Midgley. »Er kommt immer zur Tür.« Und das stimmte auch, obwohl Midgley das Gefühl hatte, er tat es nur, um zu zeigen, daß der Besuch so kurz gewesen war, daß er noch ein bißchen in die Länge gezogen werden müsse. Einmal jedoch hatte Midgley, als er ihn winkend im Rückspiegel entdeckte, weinen müssen.

»Er wollte mir etwas mitteilen«, sagte seine Frau. »Ich weiß doch wohl, wie ein Abschied aussieht.« Ein dünner Sprühfilm legte sich auf die grauen Innenwände des Backofens. »Mußt du nicht los?«

»Ist heute Samstag?« fragte ihre Mutter.

Zehn Minuten später saß Midgley auf der Treppe, während seine Frau angefangen hatte, Staub zu saugen.

»Ich werde ihn nicht enttäuschen. Ich will dasein, wenn er uns verläßt«, rief Midgley.

Der Staubsauger wurde ausgeschaltet.

»Was?«

»Er hat mich geliebt.«

»Wüßte nicht, wieso«, sagte Midgleys Frau. »Es ist ja nicht so, daß du ihm ähnlich wärst«, und sie stellte den Staubsauger wieder an, »kein bißchen.«

»Joyce«, rief ihre Mutter, »wann kommt denn die Fußpflegerin?«

Midgley sah auf die Uhr. Drei. Zehn nach drei fing Mrs. Midgley an, Staub zu wischen. Es hieß immer, die Hausarbeit mache ihr schlechte Laune. In Wirklichkeit machte sie die Hausarbeit immer dann, wenn sie schlechte Laune hatte. Es kam also aufs gleiche raus.

»Er war stark«, sagte sie und staubte eine Sammlung Brauseflaschen verschiedenen Alters ab. »Unser Colin wird auch stark werden. Colin hat er geliebt.«

»Weiß er es schon?« fragte Midgley.

»Ja. Aber er hat es noch nicht begriffen.«

Heisere Schreie und rhythmisches Trommeln auf dem Fußboden deuteten darauf hin, daß sein Sohn Trost in der Musik suchte.

»Wenn er es begreift«, sagte seine Mutter, die an einem Rostfleck auf einer jüngst erworbenen Suppendose herumrieb, »wird es ihm wirklich das Herz brechen. Es reißt immer eine Lücke. Das haben sie bei *Woman's Hour* auch gesagt. Armer alter Frank.«

»Ich habe nie begriffen«, sagte Midgley, »warum du ihn Frank nennst. Er ist mein Vater.«

Sie schaute den Becher mit dem Krönungsbild von 1953 an und fragte sich, ob dieses Fundstück nicht noch ein bißchen zu jung war, um es auszustellen.

»Er trägt einen Namen. Frank ist sein Name.«

Es war nicht nur das Alter: der Krönungsbecher war auch so ungefähr das einzige Objekt im ganzen Haus, das Midgley zur Dekoration beigesteuert hatte. Er hatte ihn als Grundschüler 1953 geschenkt bekommen.

»Ich nenne ihn Dad«, sagte Frank.

»Aber er ist nicht Dad, oder? Jedenfalls nicht mein Vater, ich nenne ihn Frank, weil das der Name eines Menschen ist. Für mich ist er ein Mensch. Deshalb kommen wir auch gut miteinander aus.«

Sie wollte den Becher hinter einer Spardose in Form eines grinsenden Schwarzen verstecken, aber dann besann sie sich. Sie hatten sowieso zuviel Sachen. Und bald würden noch mehr von seinem Vater dazukommen. Das heiterte sie ein wenig auf.

Ihr Mann küßte sie und öffnete die Hintertür.

»Daran liegt es gar nicht«, sagte er.

»Daran liegt was nicht?«

»Daß ihr gut miteinander auskommt. Weil du ihn wie einen Menschen behandelst.«

Als er sie so in ihrer albernen Schürze dastehen sah, tat sie ihm leid, und er wünschte, er hätte den Mund gehalten.

»Ihr kommt gut miteinander aus«, sagte er (und weil sie ihm leid tat, versuchte er es so klingen zu lassen, als sei das ihr gutes Recht), »ihr kommt gut miteinander aus, weil ihr mich beide verabscheut.«

»Hör mal zu.« Sie zog ihn von der Tür weg und machte sie zu. Ihre Nachbarin Mrs. Barnes, die ihre Ehe einmal als »ungehemmt« bezeichnet hatte, hängte gerade Wäsche auf. »Dein Vater ist vierundsiebzig. Er liegt im Sterben. So lange, wie du jetzt hier herumtrödelst, ist er womöglich schon tot, und du kannst es nicht ertragen, daß er und ich befreundet waren? Ich habe anscheinend jemanden geheiratet, der auf der Evolutionsleiter ganz unten steht. Vielleicht brauchst du ein paar Papiertaschentücher.« Sie schoß auf ihn zu und steckte ihm welche in die Tasche.

Midgley öffnete die Tür wieder.

»Aber wenn ihr beide zusammen wart, existierte ich gar nicht mehr.«

»Ich bin«, rief sie, »mit dem Schrank unter der Spüle verheiratet!« Diese Bemerkung wurde für Mrs. Barnes noch rätselhafter durch die musikalische Begleitung eines vorbeifahrenden Eiswagens, der die ersten Takte von *An der schönen blauen Donau* spielte.

»Er *stirbt*, Denis. Kannst du jetzt existieren? Bist du jetzt zufrieden?« Sie weinte.

»Ich werde alles richtig machen, Joyce«, sagte Midgley. »Ich werde dasein, wenn er gehen muß. Ich werde seine Hand halten.«

Er hielt ihre, die immer noch in den Topfhandschuhen steckte. »Wenn ich ihn jetzt enttäusche, wird er mir den Rest meines Lebens nachhängen. Ich habe ihn wirklich geliebt, Joyce.«

»Ich *möchte*, daß er dir für den Rest deines Lebens nachhängt. Genau das will ich. Ich denke an seine Freundlichkeit. An seine Selbstlosigkeit. Seine immerwährende Höflichkeit. Das Unglaublichste daran ist, daß so ein Heiliger einen so mißratenen Sohn gezeugt haben soll.«

Sie nahm Sylvia Plath ab und hängte sie hinter die Tür. Sie weinte nicht mehr.

»Aber ich nehme an, das ist der Anteil deiner Mutter.«

»Laß meine Mutter aus dem Spiel«, sagte Midgley.

Seine Mutter war ein wunder Punkt. »Meine Mutter ist tot.«

»Und dein Vater inzwischen wahrscheinlich auch. Fahr endlich los!«

Midgley faßte sie an den Schultern. »Es wird sich alles ändern, du wirst sehen. Ich werde mich ändern. Ich werde ein anderer Mensch sein. Ich kann … aufbrechen. Leben! Anfangen!« Er gab ihr einen raschen, warmen Kuß und rannte von der Haustür die kurze Auffahrt hinunter zum VW-Bus. Seine Frau stürzte zur Tür, um ihm noch etwas mitzugeben.

»Anfangen?« rief sie. »Womit anfangen? Du bist neununddreißig!«

»Sie haben schon wieder Krach gehabt«, erzählte Mrs. Barnes abends ihrem Mann. »Kann man mal sehen, wohin Studieren führt.«

Als Midgley die Umgehungsstraße um Leeds und Bradford verließ, hielt er an einem Zebrastreifen, um einen alten Mann hinüberzulassen. Der Alte hielt eine warnende Hand hoch und schlurfte langsam über die Straße, wobei er das Auto böse anstarrte. Als Midgley den Motor aufheulen ließ, blieb der alte Mann stehen, starrte noch böser und ging dann anscheinend extra langsam weiter. Hinter Midgley hupte jemand. Er wartete nicht, bis der Alte ganz auf dem Bürgersteig war, sondern gab schon vorher Gas und fuhr ruckartig an. Im Spiegel sah Midgley, wie der alte Mann stolperte und beinah hinfiel.

Die erste, die er im Krankenhaus sah, war Tante Kitty, die Schwester seines Vaters. Sie küßte ihn wortlos und mit geschlossenen Augen, als wolle sie andeuten, daß ihr Schmerz momentan jenseits sprachlichen Ausdrucks läge. Nach dieser Szene nahm sie seinen Arm (was er gar nicht mochte) und folgte den Schildern zur Intensivstation.

»Ich hatte gedacht, du würdest ein bißchen eher kommen«, sagte seine Tante. »Ich bin schon seit zwei Uhr hier. Du wirst sehen, wie er sich verändert hat.« Sie gingen einen langen gesichtslosen Flur entlang. »Er ist gar nicht wie mein Bruder. Nicht der Frank, den ich kannte.« Besucher ballten sich an den Stationstüren und warteten darauf, an den Betten ihrer Liebsten sitzen zu dürfen. Tante Kitty schenkte ihnen ein tapferes Lächeln. »Ich finde diese Farbgebung gar nicht schlecht«, sagte sie. »Ich habe Eierschale immer gern gemocht. Sein Arzt ist schwarz.«

Die Intensivstation hatte ihr eigenes Wartezimmer, wo man, nahm Midgley an, Intensivschmerz zeigen konnte, und richtig: in der Ecke saß eine weinende Frau. »Ihr Mann ist stark gefährdet«, flüsterte Tante Kitty. »Ihre älteste Tochter arbeitet für *Johnson&Johnson.* Sie waren gerade aus Barbados zurückgekommen. Die Krankenschwester ist weiß, aber höchstens achtzehn.« Die Schwester kam herein. »Das ist mein Neffe«, sagte Tante Kitty. »Mr. Midgleys Sohn. Dein Vater hat ein eigenes Zimmer, mein Junge.«

»Das haben sie in diesem Stadium alle«, sagte die Schwester.

Midgleys Vater lag mit Kissen im Rücken halb aufgerichtet im Bett und starrte geradeaus durchs Fenster auf eine leere gelbe Wand. Seine Arme lagen auf der Bettdecke, die Handflächen nach oben, als hätte er sein Los akzeptiert und erwartete eine Art Erlösung. Sie hatten ihm einen grünen Krankenhauspyjama angezogen, dessen funktionale halblange Ärmel auf Midgley zu modisch wirkten. Er hatte seinen Vater im Bett bisher immer nur in seinem gestreiften Pyjama gesehen, oder vielleicht mal im Unterhemd. Das Oberteil war offen, an der Brust hingen Elektroden, und über dem Bett blinkte ein Monitor stetig und regelmäßig. Midgley schaute eine Weile darauf.

»Dad«, sagte er zu sich selbst.

»Dad. Ich bin's, Denis.«

Er stellte sich zwischen das Bett und das Fenster, so daß sein Vater ihn bemerken mußte, wenn er sehen konnte. Er hatte gelesen, daß Schlaganfallpatienten nie bewußtlos waren, sondern lediglich in einen Zustand versetzt wurden, der es ihnen unmöglich machte zu kommunizieren. »Die schlimmste Art der Einzelhaft«, hatte der Autor des Artikels geschrieben, der selbst Arzt war und allzugern Metaphern benutzte.

»Alles in Ordnung, Dad.«

Er nahm sich einen Stuhl, setzte sich auf halbe Höhe des Bettes und legte seine Hand auf die reglose Handfläche seines Vaters.

Im Gesicht sah er gut aus, vom Wetter gegerbt und gebräunt, und am Hals war eine glatte Linie, wo das Weiß des Körpers begann. Diese Grenze zwischen seinem bekannten Kopf und seinem unbekannten Körper hatte Midgley erschreckt, als er sie als Kind zum ersten Mal sah, beim Baden im örtlichen Schwimmbad. Sein Vater hatte sein Leben lang nie in der Sonne gesessen.

»Es tut mir leid, Dad«, sagte Midgley.

»Sind Sie der nächste Angehörige?« Eine andere Schwester.

»Der Sohn.«

»Aber nicht zu lange.«

»Ist der Doktor hier irgendwo?«

»Warum? Was wollen Sie wissen? Es ist doch alles in Ordnung, oder? Keine Beschwerden?«

»Ich will nur wissen, wie es ihm geht.«

»Sehr schlecht. Das sehen Sie doch.«

Sie schaute auf ihre linke Brust, wo eine Uhr hing.

»Der Arzt kommt in etwa einer Stunde vorbei. Er hat sehr viel zu tun.«

»Wo er wohl ist?«, fragte Tante Kitty.

»Sie hat gesagt, daß er sehr beschäftigt ist.«

Sie saßen wieder im Wartezimmer.

Tante Kitty sah ihn an. In ihrem Blick lag das, was sie, so nahm er an, für unendliche Traurigkeit gepaart mit ein wenig Mitleid hielt (»Sorge und Liebe fließen hernieder«, wie es im Kirchenlied hieß). »Nicht der Doktor, dein Vater, mein Junge. Irgendwo hinter diesem starren Blick ist er und wandert umher. Du weißt schon«, meinte sie vage, »im Geiste. Wo ist er da?«

Sie tätschelte seine Hand.

»Ich nehme an, du glaubst nicht an ein Leben nach dem Tod, wo du doch zur Universität gegangen bist. Das geht immer als erstes verloren.«

Eine Weile las sie das Kleingedruckte auf ihrem Rentenausweis, und Midgley dachte an seine Kindheit. Schwestern kamen und gingen, führten ihr eigenes Leben, und ein Mann wischte im Flur mit Kunststoff bezogene Matratzen ab. Jedesmal, wenn eine Schwester in seine Nähe kam, machte er Bemerkungen wie »Manchen geht's einfach zu gut« oder »Man gönnt sich ja sonst nichts«. Einmal glitt die Oberschwester auf einem elektrischen Wagen vorbei, stumm, heiter und majestätisch. »Das ist ja ganz was Neues«, sagte Tante Kitty. »So einen könnte ich auch gebrauchen. Ich werde mal hineinschauen und einen Blick auf deinen Vater werfen.«

»Was hat dieser Gesichtsausdruck zu bedeuten?« fragte sie, als sie wieder zurückkam. Für Midgley bedeutete er, daß er seinen Vater letztes Wochenende hätte besuchen sollen. Er bedeutete, daß sein Vater ihn die ganze Zeit richtig eingeschätzt hatte, und jetzt lag er im Sterben, und wer war schuld? Das bedeutete er. »Diese Abteilung ist von der Herzogin von Kent eröffnet worden«, sagte Tante Kitty. »Sie haben hier eine erstklassige Nierenstation.«

Krankheiten und Königshäuser faszinierten Tante Kitty gleichermaßen, und wenn möglich, versuchte sie zwischen beiden eine Verbindung herzustellen. Würde man ihr sagen, daß sie zwar sterben müsse, aber an derselben Krankheit wie ein Mitglied der königlichen Familie, sie würde fröhlich in den Tod gehen.

»In Krankenhäusern wird eine Menge gewartet«, sagte sie gerade. »Neunzig Prozent der Zeit wartet man. Findest du, die Farbe dieses Zimmers ist eher Eierschale oder Creme?«

Ein weinender junger Mann ging vorbei.

»Seine Frau hatte einen Unfall«, erklärte Tante Kitty. »Frontalzusammenstoß. Auto Totalschaden. Bist du mit dem VW-Bus hier?«

Midgley nickte.

»Ihr seid also so eine Zwei-Auto-Familie, ja? Würdest du sie schwarz nennen?« Eine thailändische Krankenschwester schaute kurz herein und verschwand wieder. »Von denen sieht man nicht so viele. Ist wahrscheinlich ein Flüchtling.«

Midgley blickte auf die Uhr. Vor einer Stunde hatte er mit der Schwester gesprochen. Er ging ins Empfangszimmer und stand am Schalter herum, aber es war niemand da. Er stellte sich an die Tür zum Zimmer seines Vaters. Der hatte sich nicht bewegt, seine blicklosen Augen waren auf einen Fensterputzer gerichtet, der ihnen mit professioneller Diskretion auswich.

»Ich dachte immer, ich sei als erste dran«, sagte Tante Kitty, die sich eine Anzeige in *Country Life* ansah. »Schau dir das an. Zwei Swimmingpools. Auf zwei Swimmingpools könnte ich verzichten. Wenn man erst mal in meinem Alter ist, möchte man bloß eine Wohnung, in der man leicht mit dem Staubsauger überall hinkommt. Meinen Beschwerden sind sie auch nie ganz auf den Grund gegangen. Sie haben mir ein Mikroskop in den Rachen gesteckt, aber sie haben nichts gefunden. Nach Portugal würde ich nicht für Geld ziehen.

Laubengang, ich wüßte gar nicht, was ich mit einem Laubengang anfangen sollte, wenn ich einen hätte. Dr. Penry-Jones wollte mich unter diese Maschine legen, die der Herzog von Gloucester eingeweiht hat: dieses Scanner-Ding. Aber anscheinend gab es eine ellenlange Warteliste.«

Eine Krankenschwester ging durchs Zimmer.

»Das ist die, von der ich dir erzählt habe. Ich habe sie gefragt, ob dein Vater im Koma liegt oder bloß bewußtlos ist. Sie wußte es nicht. Sie stellen einfach zu junge Dinger ein.«

»Tantchen«, sagte Midgley.

»Dabei ist sie nicht mal schwarz. Wenn sie schwarz wäre, würde ich ja gar nicht erwarten, daß sie so etwas weiß.«

»Wie war mein Vater?«

Tante Kitty dachte einen Moment nach.

»Er hat nie ein böses Wort zu irgendwem gesagt. Er hat immer allen Leuten Gefallen getan. Schnee für sie geschaufelt. Ihre Kohlen reingetragen. So einer war das. Ein Heiliger. Du schlägst mehr nach deiner Mutter.«

»Ich habe das Gefühl, daß ich seine wertvollen Eigenschaften vermissen lasse«, sagte Midgley eine Weile später. »Ausdauer. Geduld. Tugenden, die man in schweren Zeiten entwickelt.«

»Man sollte gar nicht meinen, daß es im Krankenhaus Vorhänge gibt, oder?« sagte Tante Kitty. »Man sollte doch meinen, Vorhänge sind unhygienisch. Mir jedenfalls gefällt Lila nicht besonders.«

»Mangel zum Beispiel«, sagte Midgley.

»Was?«

»Ich mußte nie Mangel leiden. Daran hat es mir gemangelt, seinetwegen. Verstehst du?«

»Ich hätte zur weiterführenden Schule gehen sollen«, sagte sie. »Statt dessen bin ich mit dreizehn aus der Schule gekommen, wie dein Vater.«

»Ich weiß, daß ich es leichter hatte«, sagte Midgley. »Aber ich war auch dankbar dafür. Ich habe das nicht als selbstverständlich betrachtet.«

»Du sahst so schneidig aus in deiner Schuluniform.«

»Bildung ist auch nicht gerade ein Genuß.« Midgley legte den Kopf in die Hände. »Ich hatte das, was er wollte. Was gibt es da schon viel zu genießen?«

»Mark hat eine Bronzemedaille gewonnen«, sagte Tante Kitty. »Solltest du ihn nicht anrufen?«

»Wegen der Bronzemedaille?«

»Wegen deines Vaters.«

»Ich warte, bis ich mit dem Doktor gesprochen habe.«

Es war halb sieben.

»Ständig hört man von diesen Silikonchips, man sollte doch meinen, sie sollten erst mal unsere ganzen körperlichen Beschwerden in den Griff kriegen, die wissen anscheinend gar nicht, was zuerst kommt. Andererseits ist Frank natürlich immer ein ziemlich starker Raucher gewesen. Das hat er nun davon.«

Midgley schlief ein.

»Robert Donat hatte Bronchitis«, sagte Tante Kitty.

»Mr. Midgley.« Der Arzt rüttelte an seiner Schulter.

»Denis«, sagte Tante Kitty, »Doktor ist da.«

Er war ein blasser, junger Pakistani, und eine Sekunde lang dachte Midgley, er sei im Klassenzimmer eingeschlafen und würde von einem Schüler geweckt.

»Mr. Midgley?« Er war ernst und präzise und höchstens sechsundzwanzig.

»Ihr Vater hatte einen Schlaganfall.« Er sah auf sein Clipboard. »Wie schlimm, ist schwer zu sagen. Als er eingeliefert wurde, war er stark unterkühlt.«

Tante Kitty stieß einen schwachen Schrei aus. Von dieser Geißel war in den Nachrichten viel zu hören gewesen.

»Er muß gestürzt sein und hat mindestens zwei Tage hilflos dagelegen.«

»Ich besuche ihn normalerweise am Wochenende«, sagte Midgley.

»Er hat eine Lungenentzündung. Sein Herz ist nicht besonders stark. Alles in allem glauben wir«, er sah noch einmal auf sein Clipboard, »daß er die Nacht nicht überstehen wird.«

Als er sich zum Gehen wandte, steckte er das Clipboard unter den Arm, und Midgley sah, daß es leer war.

»Drei Telefone, und zwei davon sind hin. Es ist nicht zu glauben«, sagte ein dicker Mann. »Und wenn man nun auf eine Transplantation wartet? Hier funktioniert einfach nichts.« Er klimperte mit seinen Münzen, und der junge Mann mit Brille, der das funktionierende Telefon benutzte, streckte den Kopf unter der Plexiglaskuppel hervor.

»Ich muß bloß zwei oder drei Anrufe machen«, sagte er fröhlich lächelnd.

»Na toll«, sagte der dicke Mann.

»Vor der Physiotherapie ist ein Telefon. Versuchen Sie's da«, sagte eine Schwester im Vorübergehen.

»Ich versuch's da«, sagte der dicke Mann.

Midgley blieb sitzen.

»Hallo«, sagte der junge Mann strahlend. »Dorothy? Du bist Großmutter.« Er sah durch Midgley hindurch, während er sprach.

»Großmutter«, rief er. »Ja!« Eine kurze Pause. »Rate mal«, sagte der junge Mann und lauschte. »Falsch«, sagte er. »Ein Mädchen. Siebeneinhalb Pfund. 17 Uhr 35. Es geht beiden gut. Ich rufe alle an. Mach's gut, Oma.«

Midgley stand halb auf, als der junge Mann den Hörer auflegte, setzte sich aber wieder hin, als er auf einen Zettel schaute und dann noch einmal wählte.

»Hallo Neil. Hi. Du bist Onkel ... du bist Onkel geworden. Heute. Gerade eben. 17 Uhr 35. Na, rate mal.« Er wartete. »Nein. Ein Mädchen. Ich bin so was von happy. Du kannst Christine erzählen, daß sie Tante ist. Ja, eine kleine Cousine für Josephine. Wie fühlt man sich als Onkel? ... Mach's gut.«

Midgley stand auf und wartete. Der junge Mann zog eine weitere Münze aus der Tasche und wählte wieder. Diese Art der Nachrichtenübermittlung ließ sich bei Abgängen eigentlich genau so wie bei Auftritten anwenden, dachte Midgley.

»Hallo, Margaret. Du bist Witwe. Witwe ... Heute nachmittag. Halb drei ... Wie fühlt man sich als Hinterbliebene?«

»Betty«, sagte der junge Mann. »Gratuliere. Du bist Tante. Tante Betty. Ich werde dich nicht raten lassen«, fuhr er eilig fort. »Es ist ein Mädchen. Susan ist so was von happy. Und ich auch.«

Mit jedem Anruf ließ sein Enthusiasmus deutlich nach. Midgley vermutete, daß sein Kind ihn schon anfing zu langweilen, dabei war es erst zwei Stunden alt.

»Ich rufe nur an, um die frohe Botschaft zu verkünden. Mach's gut, Tante.«

Der stolze Vater legte einen frischen Haufen Münzen auf den Münzfernsprecher, und Midgley entschloß sich zu intervenieren.

»Kann ich nur schnell einen Anruf machen?«

»Kann das nicht warten?« fragte der junge Mann. »Ich war zuerst da. Ich bin Vater.«

»Und ich bin Sohn«, sagte Midgley. »Mein Vater stirbt.«

»Sie müssen ja nicht gleich mit so einem Ton kommen«, sagte der junge Mann und trat unter der Haube hervor. »Sie hätten was sagen sollen. Vor der Physiotherapie ist auch noch ein Telefon.«

Midgley lauschte dem Klingeln im Haus des Bruders seines Vaters.

»Onkel Ernest? Hier ist Denis. Dad geht es gar nicht gut.«

»Du meinst Frank?« sagte sein Onkel.

»Ja. Dad. Er hatte einen Schlaganfall«, sagte Midgley. »Und er ist gestürzt. Und jetzt hat er auch noch Lungenentzündung.« Er hatte das Gefühl, zwei von dreien wären erst einmal genug gewesen, er hätte nicht gleich alles auf den Tisch packen müssen.

»Oje, oje, oje«, sagte sein Onkel. »Unser Frank.«

»Kannst du herumtelefonieren und allen Bescheid sagen, die vielleicht kommen wollen? Der Arzt sagt, er wird die Nacht vielleicht nicht überstehen.«

»Von hier aus? Ich soll anrufen?«

Es fing an zu piepen.

»Ja. Ich bin hier in einer Telefonzelle. Es warten noch andere Leute.«

»Man kann nie wissen«, sagte der junge Mann. »Heutzutage vollbringen sie ja Wunder.«

»Ich würde sagen, das ist ein Schwerlastenaufzug«, sagte Onkel Ernest und trat mit seinem schweren Stiefel gegen die Wand. »Das ist kein normaler Personenaufzug. Der ist ja so groß wie unser Wohnzimmer.«

Der Lift hielt an, und ein Helfer rollte eine Liege neben Midgley. Eine Frau blickte zu ihm auf und lächelte schwach.

»Wirkt es schon?« fragte der Helfer. Der kleine Kopf schloß die Augen.

»Wir haben gerade eine hübsche kleine Spritze gekriegt, und jetzt machen wir ein schönes kleines Schläfchen.«

Midgley sah die Stockwerke hinter der Glasscheibe vorbeigleiten.

»Sehr solide gebaut«, sagte Onkel Ernest und schaute den Boden an. »Überlappende Stahlplatten mit doppelter Schweißnaht. Wenn wir uns anstrengen, kriegen wir immer noch was ganz Anständiges gebaut.«

»Auf los geht's los«, sagte der Helfer, als der Lift anhielt.

»Das ist der sechste«, sagte Midgley.

»Für mich sieht ein Stockwerk wie das andere aus«, sagte sein Onkel.

»Hast du Hartley angerufen?« Hartley war Onkel Ernests Sohn, ein Wirtschaftsprüfer.

»Er kommt her, sobald er sich frei machen kann.«

»Konnte er nicht weg?«

Offensichtlich.

»Sekretärin oder so was. Irgendeine Besprechung. Möchte mal wissen, was da immer so besprochen wird, daß er nicht mal mit seinem Vater sprechen kann. ›Entschuldigen Sie, ich muß mal kurz mit meinem Vater sprechen.‹ Das ist doch keine Schande, oder? ›Dauert nur eine Sekunde, mein Vater ist am Apparat.‹ Wer soll sich darüber beschweren? Was sind das für Leute in diesen Besprechungen? Haben die keine Väter? Ich dachte, Väter wären allgemein verbreitet. Statt dessen muß ich einen Termin machen, wenn ich meinen Sohn sprechen will. Söhne und Väter dürften sich nicht erst verabreden müssen. Da sollte man direkt durchgestellt werden. Du warst nie so zu deinem Vater. Frank hat sehr große Stücke auf dich gehalten.«

Sie gingen wieder den langen Flur entlang.

»Ich bin mit der Diesellok mitgefahren«, sagte Onkel Ernest. Er hatte ein steifes Bein.

»Ich fahre überall hin. Letzte Woche war ich in York. Hab' mir das Eisenbahnmuseum angeschaut. Da stehen Loks herum, die ich selbst noch gefahren habe. Zu Lebzeiten im Museum gelandet. Ich sag' dir eins.«

Sie blieben stehen.

»Was?« fragte Midgley.

»Diesen Fußboden möchte ich nicht saubermachen müssen.«

Sie gingen weiter.

»Bist du noch Lehrer?«

Midgley nickte.

»Das hat deinem Vater gefallen. Auch wenn das Gehalt nicht so berauschend ist. Du wärst besser dran, wenn du so was wie unser Hartley machen würdest. Er macht inzwischen bestimmt mehr als £30.000 im Jahr. Seine Frau redet schon von einem Swimmingpool.«

Sie standen vor dem Eingang der Intensivstation, und sein Onkel stützte sich mit ausgestrecktem Arm an der Wand ab, um sein Bein zu entlasten.

»Ist deine Tante Kitty da?«

»Ja.«

»Dachte ich mir. Die Geier kreisen schon.«

Tante Kitty stand auf und führte wieder ihre »Ich bin zu aufgewühlt zum Sprechen«-Nummer vor. »Hallo, Kitty«, sagte Ernest.

»Ich fand immer, ich sollte als erste abtreten, Ernest.«

»Kannst du ja immer noch. Er ist ja noch nicht tot.«

»Geh hinein, Ernest.« Sie betupfte ihre Nase. »Geh hinein.«

Onkel Ernest stand neben dem Bett seines Bruders. Dann setzte er sich.

»Das ist ja ganz was Neues, Frank«, sagte er. »Du warst doch immer so ein munterer Hüpfer.« Er stand auf und schaute sich die Linien und Punkte auf dem Monitor genauer an. Sie hüpften munter auf und ab. Eine Schwester steckte den Kopf herein.

»Das dürfen Sie nicht anfassen.«

»Ich bin ja bloß neugierig.«

»Er ist sehr krank.«

Sie hielt inne, kam dann ganz herein und nahm den Scanner unter die Lupe. Sie sah Onkel Ernest an (nicht jedoch, wie er bemerkte, Frank) und ging wieder hinaus.

»Alles mechanisiert heute«, sagte er.

Kein Laut war im Zimmer zu hören. Die Brüder hatten einander auch zu besseren Zeiten wenig zu sagen gehabt. Nicht, daß sie einander nicht gemocht hätten: sie fühlten sich einfach wohler, wenn noch jemand dabei war. Allein wurden sie ein wenig verlegen. Das war immer noch so, obwohl einer von ihnen bewußtlos war, und Onkel Ernest stand auf, dankbar, daß er wieder gehen konnte.

»Na dann tschüs, Kleiner«, sagte er.

Und wartete.

Er wollte die Hand seines Bruders tätscheln.

»Ich bin letzte Woche in York gewesen«, sagte er. »Hat sich kaum verändert. Nicht so verschandelt wie Leeds. Aber sie haben auch so eine Art Fußgängerzone. War das erste Mal da, seit wir Jungs waren. Wir sind doch mal mit dem Fahrrad hingefahren.« Statt die Hand seines Bruders zu berühren, zog er kurz an seinem Fuß, gerade als die Schwester wieder hereinkam.

»Er ist *sehr* krank«, sagte sie und zog die Bettdecke über seinen Füßen glatt. »Und diese Geräte sind sehr empfindlich.«

»Ich komme ins Zimmer«, erzählte sie später in der Kantine, »und da zerrt einer von den Besuchern am Bein des Patienten herum. Hat ihn am Fuß gepackt. Man hat's nicht leicht.«

Onkel Ernests Sohn Hartley kam mit seiner Frau Jean und seinen beiden Kindern Mark (vierzehn) und Elizabeth (zehn). Hartley haßte Krankenhäuser, daher hatte er die volle familiäre Unterstützung eingefordert. Er war allerdings überrascht, daß Mark sich herabgelassen hatte, mitzukommen: Er war ziemlich groß für einen Vierzehnjährigen und längst außerhalb elterlicher Kontrolle. Nur noch bei offiziellen Anlässen ließ er sich mit der Familie sehen. Der Kern der Sache war Miss Pollock: Jeder wußte, daß seine Religionslehrerin mit mindestens einem Schüler des Abschlußjahrgangs Sex hatte, und letzte Woche hatte sie beklagt, daß es heute nur noch so selten Gelegenheit gäbe, Tote zu sehen und so einen Blick für den Stellenwert des menschlichen Lebens zu bekommen. Mark hoffte, daß dieser Krankenhausbesuch ihm bei Miss Pollock Kredit verschaffen werde. Hatte er den Realitäten von Leben und Tod ins Auge gesehen, konnte er womöglich darauf hoffen, als nächster Kandidat fürs »Sich Einbringen« in Frage zu kommen.

Sie fuhren zusammen im Aufzug nach oben.

»Nehmt euch zusammen«, sagte Hartley. »Sehr wahrscheinlich wird euer Großvater auch hier sein. Ich möchte nicht, daß ihr vor ihm um alle möglichen Sachen bettelt.«

»Nein«, sagte seine Frau. »Er soll nicht sagen, daß ihr verzogen seid.«

»Obwohl ihr verzogen *seid*«, sagte Hartley.

»Und wer ist daran schuld?«fragte Jean.

Die Stahltüren schoben sich auf und gaben den Blick auf Denis frei, der sich von Onkel Ernest verabschiedete.

»Tja, Dad«, sagte Hartley. »Hallo, Denis. Schlimme Sache das.«

Jean küßte den alten Mann.

»Gib deinem Großvater einen Kuß, Elizabeth.«

Die Kleine tat, wie ihr geheißen.

»Los, Mark.«

»Ich küsse nicht mehr«, sagte der Junge.

»Du gibst deinem Großvater einen Kuß«, sagte Hartley. Der Junge tat es, und eine Krankenschwester, die vorbeiging, blickte mißtrauisch.

»Wie geht's ihm?« fragte Hartley.

»Er liegt im Sterben«, sagte sein Vater. »Es geht dem Ende zu.«

»Oje, oje, oje«, sagte Hartley, der gehofft hatte, daß alles schon vorbei sei.

»Und? Wie geht's dir so?« fragte Jean fröhlich.

»Bestens«, sagte Onkel Ernest. »Ist das eine von diesen ganz neuen Armbanduhren?« Er griff nach Marks Handgelenk.

»Er hat darauf gespart«, sagte Jean. »Du hast darauf gespart, nicht wahr, Mark?«

Mark nickte.

»Stimmt ja gar nicht«, sagte das kleine Mädchen.

»Ich habe meine erste Uhr mit einundzwanzig gehabt«, sagte der alte Mann. »Aber heute sind sie ja mit achtzehn schon einundzwanzig, stimmt's?«

Denis drückte auf den Aufzugknopf.

»Wir gehen besser gleich zur Station, wenn es schon so schlimm steht«, sagte Jean.

»Ich hatte schon ein- oder zweimal den Hörer in der Hand, um dich anzurufen«, sagte Hartley, als sie auf den Lift warteten, »und dann kam immer ein Kunde dazwischen.«

»Ich glaube, ich werde nächste Woche nach Barnard Castle fahren«, sagte Ernest.

»Warum, um Himmels willen?« fragte Jean und gab ihm einen Abschiedskuß.

»Ich war noch nie da.« Er schüttelte Denis die Hand. Dann

schlossen sich die Türen des Aufzugs. Hartley und seine Familie gingen vor Midgley den langen Flur entlang.

»Du fängst dir ein paar, wenn wir zu Hause sind, meine Liebe«, sagte Jean. »Er hat wohl dafür gespart.«

»Bloß eine Woche«, sagte das Mädchen.

»Wenn wir da sind«, sagte Hartley, »dann sollten wir in Zweiergruppen reingehen. Alle zusammen ist vielleicht zuviel Aufregung.«

»Was will er bloß in Barnard Castle?« fragte Jean.

»Geld hat er jedenfalls anscheinend genug, wenn er einfach mal nach Barnard Castle fahren kann.«

Midgley holte sie ein.

»Ihr hättet nicht alle zu kommen brauchen«, sagte er. »Ich wollte nicht, daß Joyce und unser Junge mitkommen.«

»Sie wollten gern mitkommen«, sagte Jean. »Vor allem Mark, stimmt's?«

»Für uns ist es ja auch nicht so umständlich«, sagte Hartley. »Was haben wir bloß gemacht, bevor die M62 gebaut wurde?«

Mark war enttäuscht. Der alte Mann atmete eindeutig noch. Er hätte genausogut schlafen können. Er war nicht einmal bleich.

»Er ist doch nicht mein Onkel, oder, Dad?«

»Er ist mein Onkel. Er ist dein Großonkel.«

Hartley sah auf den Monitor.

»Siehst du den Monitor, Mark? Da wird sein Herzschlag überwacht.«

Mark sah nicht hin, sondern sagte müde, »Ich weiß, Dad.«

»Ich sag's ja nur.«

Hartley berührte den Schirm, wo der hüpfende Punkt flimmerte.

»Du willst doch was lernen, oder?« fragte er, als sie wieder aus dem Zimmer kamen.

»Dad.« Der Junge blieb stehen. »In der Schule haben wir so ein Ding selbst gebaut.«

Dann führte Jean die kleine Elizabeth hinein. (»Gott segne sie«, sagte Tante Kitty.)

Sie standen Hand in Hand neben dem Bett, und Jean beugte sich hinab, um ihn zu küssen.

»Soll ich ihn auch küssen?« fragte die Kleine.

»Nein. Ich denke nicht, Süße«, und sie wischte sich die Lippen ab, mit denen sie ihn berührt hatte.

»Weinst du, Mama?« fragte das Mädchen.

»Ja.«

Elizabeth sah zu ihr hoch.

»Ich sehe gar keine Tränen.«

»Man kann auch ohne Tränen weinen«, sagte ihre Mutter und blickte auf den Monitor. »Man kann ohne Tränen sogar noch mehr weinen.«

»Ich nicht«, sagte das Mädchen.

»Das lernst du, wenn du groß bist.«

»Ich will es aber jetzt können.«

»Hör mal, gleich kriegst du eine hinter die Ohren«, sagte ihre Mutter. »Er liegt im Sterben.«

Elizabeth fing an zu weinen.

»Nicht doch, Süße.« Ihre Mutter nahm sie in den Arm. »Es tut ihm nicht weh.«

»Ich weine doch nicht seinetwegen«, sagte Elizabeth. »Ich weine deinetwegen.«

»Ich würde mir nie mehr einen Ford kaufen«, sagte Hartley. »Früher habe ich auf Ford geschworen. Aber jetzt nicht mehr.«

Midgley beobachtete einen indischen Mann, der mit seinem Sohn in der Ecke saß. Dem Vater rannen Tränen übers Gesicht, und er drückte den Jungen so heftig an sich, daß er ihn fast zu ersticken schien. »Hast du noch den VW-Bus?«

Midgley nickte.

»Ich denke, ich werde mir einen Peugeot holen«, sagte Hartley. »Einen 604. *Made in Britain.*« Er schwieg einen Moment. »Er war ein netter alter Kerl.«

Jean und Elizabeth kamen wieder heraus. Mark, der im Flur gewesen war, kam herein und fragte, wie lange sie bleiben wollten.

Hartley sah Jean an.

»Ich glaube, wir sollten noch ein bißchen warten, oder, Liebling?«

»O ja«, sagte Jean. »Für den Fall, daß ...«

Tante Kitty kehrte zurück. »Ich habe gerade einen Kaffee getrunken und ein kleines Stück Gebäck gegessen, und das hat 45 Pence gekostet. Dabei sollen das doch alles Freiwillige sein.«

»Es gibt hier keine Disco, oder?« fragte Mark.

»Disco?« fragte Jean zurück. »Disco? Das ist ein Krankenhaus.«

»Na ja. Freizeitgestaltung. Unterhaltung für Besucher. Zeit totschlagen und so.«

»Hör bitte auf«, zischte Jean. »Onkel Denis' Vater stirbt, und du redest von Discos.«

»Ist schon in Ordnung«, sagte Midgley.

»Hier, hol dir einen Kaffee«, sagte Hartley und gab ihm ein Pfund. Tante Kitty schaute weg.

Hartley und seine Familie brachen auf. Sie hatten sich vor dem Aufzug versammelt.

»Du wirst es abwarten, nehme ich an«, sagte Hartley.

»O ja«, sagte Midgley. »Ich möchte dasein.«

»Du mußt ihnen früh genug klar machen, daß du keine Wiederbelebungsmaßnahmen willst.«

»Wenn er selbst keine Wiederbelebungsmaßnahmen will«, sagte Jean. »Das wißt ihr doch gar nicht.«

»Ich würde keine Wiederbelebungsmaßnahmen für meinen Vater wollen«, sagte Hartley.

»Aber Denis vielleicht, was, Denis?«

»Nein«, sagte Midgley.

»Man hat meistens gar keine Wahl«, sagte Hartley. »Kaum sehen sie eine Gelegenheit, schon fangen sie mit der Wiederbelebung an und hängen die Leute an diese Maschinen. Hat was mit Kosten-Nutzen-Rechnung zu tun. Sie haben in diese ganzen teuren Maschinen investiert, jetzt müssen sie auch benutzt werden.« Er drückte mehrmals auf den Aufzugknopf. »Ich nehme mal an, daß es um vier Uhr morgens passieren wird. Ein kritischer Moment. In den frühen Morgenstunden läuft das Leben auf kleinster Flamme.«

»Aber Wunder gibt es natürlich immer wieder«, sagte Jean. »Ich habe gerade was über diese todesähnlichen Erfahrungen gelesen. Hast du schon mal was darüber gelesen, Denis? Schwerkranke Menschen, die über ihren eigenen Körpern schweben. Ich persönlich«, Jean küßte Midgley zum Abschied, »glaube ja, daß die Wissenschaft dem Leben nach dem Tod bald auf die Spur kommen wird. Auf Wiedersehen. Ich wünschte, es wäre ein freudigerer Anlaß gewesen.«

Midgley ging wieder den langen Flur entlang.

»Geld nützt auch nichts«, sagte Tante Kitty. »Sieh dir Präsident Kennedy an. Eine tragische Familie.«

Die Inder schliefen, der kleine Junge hatte seinen Kopf in den Schoß des Vaters gelegt.

Eine Raumpfleger kam herein, räumte die Illustrierten zusammen, leerte den Papierkorb und nahm Blumen aus einer Vase.

»Sauerstoff«, sagte er beim Hinausgehen.

»Die Collingwoods sind von Korfu zurück«, sagte Tante Kitty. »Sie haben gesagt, daß es ihnen gefallen hat, aber noch einmal wollen sie nicht hinfahren.«

Es war schon nach zehn, und Midgley hatte angenommen, daß sie die ganze Nacht dableiben würde, als sie plötzlich aufstand.

»Wenn ich jetzt losgehe, krieg ich noch den Bus um zwanzig vor«, sagte sie. »Dann komme ich gerade rechtzeitig nach Hause, bevor sie die Laternen ausmachen. Ich setze mich nie nach oben. Da bettelt man ja geradezu darum.«

»Ich bring dich runter«, sagte Midgley.

Sie schlich übertrieben auf den Zehenspitzen an den schlafenden Immigranten vorbei und schenkte ihnen ein wohlwollendes Lächeln.

»Sie haben auch Gefühle, genau wie wir«, flüsterte sie. »Sie lieben ihre Familien. Wahrscheinlich sogar noch mehr.«

Sie waren im Flur angekommen. »Aber sie sind auch weniger weit entwickelt als wir.«

Er rief Joyce an.

Sie saß mit Colin vor dem Fernseher und sah eine Sendung über Delphine, die von Prinz Philip moderiert wurde. Ihre Mutter schlief mit offenem Mund.

»Was macht ihr?« fragte Midgley.

»Nichts. Colin sieht sich eine Sendung über Delphine an. Wie geht's ihm?«

Midgley erzählte es ihr.

»Ich muß hierbleiben«, schloß er.

»Warum? Du hast alles getan, was man von dir erwarten konnte. Niemand wird dir etwas vorwerfen.«

Midgley bemerkte, daß jemand »Betet für mich« an die Wand geschrieben hatte. Ein Witzbold hatte »OK« darunter gekritzelt.

»Ich muß hier sein, wenn er uns verläßt«, sagte Midgley. »Das kannst du doch verstehen.«

»Ich verstehe dich«, sagte sie. »Es geht nicht um Liebe. Es geht nicht um Zuneigung.« Colin sah hoch. »Es geht nur um dich.«

Sie legte auf.

»Dad?« fragte Colin.

Sie schaltete den Fernseher aus. »Er klammert sich fest.«

»Wer?«

»Dein Großvater.« Sie stand auf. »Weck Mutter auf! Zeit zum Schlafen.«

Midgley ging zurück ins Krankenzimmer und setzte sich zu seinem Vater. Während er weg war, hatte die Nachtschwester ihren Dienst begonnen. Sie war dunkelhaarig, üppiger und weniger frech als die anderen, menschlicher, fand er. In Wirklichkeit war sie ungepflegt. Ihr Haar steckte nicht richtig unter der Schwesternhaube, und ihre Strümpfe hatten Laufmaschen. Als sie das Bettzeug zurechtzog und sich über den leblosen Körper beugte, hielt sie ihren Hintern nur wenige Zentimeter vor Midgleys Gesicht. Er entschied, daß es keine Absicht war.

»Bin ich im Weg?« fragte er.

»Nein«, sagte sie. »Wieso? Bleiben Sie so.«

Sie schaute eine oder zwei Minuten auf den Bildschirm und kontrollierte die Hüpfer mit der Uhr. Dann lächelte sie und ging hinaus. Fünf Minuten später kam sie mit einer Tasse Tee zurück.

»Kein Zucker«, sagte Midgley.

»Darf ich?« fragte sie und steckte sich beide Stücke in den Mund.

»Ruhig heute«, sagte sie. »Aber ein besoffener Autofahrer genügt.«

Midgley schloß die Augen.

»Ich dachte, Sie leisten mir ein bißchen Gesellschaft«, sagte sie. »Aber Sie sind ja völlig übermüdet.« Sie holte ein Kissen und ging mit ihm hinaus ins Wartezimmer. Die Inder waren gegangen.

»Legen Sie sich hin«, sagte sie. »Ich wecke Sie, wenn irgendwas passiert.«

Gegen fünf klingelte ein Wecker, und es gab zwei Todesfälle kurz hintereinander. Midgley schlief weiter. Um acht wachte er auf.

»Sie können hier nicht liegen«, sagte eine Stimme. »Sie dürfen sich nicht hinlegen.« Es war eine saubere, frisch aussehende Krankenschwester.

Zwei Frauen, die er noch nie gesehen hatte, saßen ihm gegenüber und starrten ihn an.

»Die Schwester hat gesagt, sie würde mich wecken.«

»Welche Schwester?«

»Wenn irgendwas mit meinem Vater passiert.«

»Wem gehört das Kissen?«

»Midgley. Mr. Midgley.«

»Das ist ein Krankenhauskissen.« Sie nahm es ihm weg und ging ins Schwesternzimmer.

»Midgley.« Sie fuhr mit dem Finger eine Liste hinunter. »Keine Veränderung. Aber legen Sie sich nicht hin. Das ist nicht fair den anderen Leuten gegenüber.«

Midgley schaute nach seinem Vater. Keine Veränderung stimmte. Er hingegen fühlte sich alt und schmutzig. Er war unrasiert und spürte ein Herpesbläschen an seiner Lippe entstehen. Aber an seinem Vater hatte sich nichts verändert. Immer noch sauber. Immer noch rosig. Immer noch atmend. Der Punkt hüpfte weiter. Er ging auf den Parkplatz, wo sein Wagen geparkt war, und fragte sich, ob er es wohl wagen konnte, einen Rasierer kaufen zu gehen.

Er ging zurück, um den behandelnden Arzt zu suchen.

Er ging quer über den Besucherparkplatz, der bis auf seinen VW-Bus leer war, und nahm einen Weg um das Krankenhaus herum, weil er dachte, der würde ihn zum Haupteingang führen. Die Gebäude waren langgestreckt und flach in den Hügel hineingebaut. Es waren identische Einheiten, eine Station sah aus wie die andere. Er kam an einer Station vorbei, die aussah wie die seines Vaters, doch da, wo sein Vater hätte liegen sollen, hielt eine Frau gerade einem Baby ihre Brust ins Gesicht. Eine Krankenschwester kam ans Fenster und starrte ihn an. Er sah schnell weg und ging weiter, aber offenbar nicht schnell genug, um den Eindruck zu verwischen, ein Voyeur zu sein. Sie starrte ihm immer noch nach, als er um die Ecke bog. Ein Gefühl der Erleichterung überkam ihn, wenn es sich auch nicht ganz wie Heimkehr anfühlte: er stand vor der Intensivstation. Er suchte nach dem Zimmer seines Vaters, sah die Nelken auf der Fensterbank und Kopf und Schultern einer Krankenschwester. Sie schaute offenbar auf das Bett. Sie trat einen Schritt zurück in Richtung Fenster, um jemanden vorbeizulassen. Midgley stellte sich auf die Zehenspitzen, um zu sehen, was passierte. Er glaubte, noch jemand im weißen Kittel zu sehen. Der Raum war voller Menschen.

Midgley rannte auf der Suche nach einem Eingang um das Gebäude. Am Ende der Einheit war eine Tür, dahinter ein leerer Korridor. Die Tür war verschlossen. Er rannte wieder zu dem Weg hinauf, dann querfeldein eine Böschung hinunter zwischen ein paar jungen Bäumen hindurch, um zu einer anderen Tür zu gelangen. Aus einem Büro beobachtete ihn ein Mann mit einem Telefonhörer am Ohr, als er ins Rutschen geriet und die Böschung hinunterschlitterte. Der Mann legte auf und griff zu einem anderen Hörer. Midgley rannte weiter und geriet plötzlich in ein matschiges Blumenbeet mit Büschen und immergrünen Kriechpflanzen: die Begrünung um den Eingangsbereich. Oben rannte er an der erschreckten Schwester am Empfang vorbei direkt ins Zimmer seines Vaters. Niemand sprach. Ehrfürchtige Stille herrschte.

»Ist er tot?« fragte Midgley. »Hat er uns verlassen?« Er keuchte. Eine ältere, blau gekleidete Frau drehte sich um.

»Tot? Ganz bestimmt nicht. Ich bin die Oberschwester. Und sehen Sie sich bloß mal Ihre Schuhe an!«

Hinter der Oberschwester sah Midgley einen Moment seinen Vater. Aber eine andere Schwester schob den sich heftig sträubenden Mann aus dem Zimmer; er war sicher, daß sein Vater lächelte.

»Ich war eben für kleine Mädchen«, sagte Tante Kitty. »Wenn man bedenkt, daß wir hier in einem Krankenhaus sind, ist der Zustand der Toiletten nicht gerade berühmt. Sieh dir bloß mal deine Schuhe an!«

Sie begann sich häuslich einzurichten, hatte eine Thermosflasche, Sandwiches und Strickzeug dabei.

»Ich kenne Frank«, sagte sie und blätterte im *Country Life*. »Er gibt nicht kampflos auf. Ein Haus auf den Bermudas kann mir gestohlen bleiben.«

Midgley ging auf die Herrentoilette, um sich zu waschen. Er riß eine Menge Klopapier ab, stellte sich ans Waschbecken und wischte den Dreck von seinen Schuhen. Ein Pfleger kam herein, schaute das Papier in seiner Hand und dann ihn ungläubig an, schüttelte den Kopf und verschwand mit den Worten: »Verdammte Besucher. Verdammte, dreckige, verkommene Besucher.«

Midgley ging nach unten, um seinen Onkel Ernest vom Telefon vor der Physiotherapie anzurufen. Eine eher junge Frau wählte gerade.

»Cyril. Hier ist …« Sie hielt den Hörer und die Muschel ein Stück von Ohr und Mund entfernt. »Hier ist Vi. Vi. Ich spreche doch hinein. Mum hat ihre OP hinter sich. Nein. Sie hat sie hinter sich. Ganz früh heute morgen. Sie ist noch nicht wieder aufgewacht, aber ich habe mit der Krankenschwester gesprochen, und anscheinend geht es ihr gut. GUT. Und die Schwester sagt …« Sie senkte die Stimme. »Es war nicht, was wir gedacht hatten. Es war nicht, was wir gedacht hatten. Nein. Kein Grund zur Sorge also.« Sie fuhr mit dem Finger über die Löcher in der schalldämpfenden Verkleidung. »Nein. Ganz sauber. Ich finde, das sind gute Neuigkeiten, du nicht? Die Schwester sagt, der Chirurg ist der Beste. Dr. Caldecott. Die Leute zahlen Tausende, um von ihm operiert zu werden. Ich bin jedenfalls total erleichtert. Du nicht? Ja. Mach's gut.«

Als Midgley nach dem Hörer griff, zog sie ein Taschentuch hervor und wischte sich die Lippen ab, und als sie das Krankenhaus glücklich verlassen hatte, auch das Ohr.

Onkel Ernest hatte am Telefon gesagt, wenn das so weiterginge, sei er nicht sicher, ob er sich die Fahrerei leisten könne, aber am späten Nachmittag tauchte er doch mit Hartley auf.

Er setzte sich eine Weile zu seinem Bruder, kniete sich hin und schaute unter dem Bett nach, wie der Kippmechanismus funktionierte, stand schließlich wieder auf und sagte: »Kette, Frank«, was er immer zu ihm gesagt hatte, als sie zwischen den Kriegen zusammen Radtouren gemacht hatten. Es bedeutete »Beeil dich!«

»Das ist ganz typisch Frank«, sagte Tante Kitty, »kämpfend untergehen. Er hat das Leben so geliebt.«

Im Wartezimmer saßen Neuankömmlinge, ein älteres Ehepaar.

»Es ist ihre älteste Tochter«, flüsterte Tante Kitty. »Sie war gerade dabei, sich bei *Schofields* ein paar neue Vorhänge auszusuchen. Einfach zusammengebrochen. Wahrscheinlich Gehirnblutung. Der Sohn der beiden ist Tierarzt.«

Sie schlenderten den langen Flur entlang zum Aufzug.

»Es ist wirklich ein Wunder«, sagte Onkel Ernest, »daß in all den Jahren niemand deine Tante Kitty erwürgt hat. War dieser Arzt farbig?«

»Welcher?« fragte Midgley.

»Der gesagt hat, er mache es nicht mehr lange.«

Midgley gab es widerstrebend zu.

»Das erklärt alles«, sagte der alte Eisenbahner.

»Dad«, sagte Hartley.

»Was soll das heißen, ›Dad‹?« fragte sein Vater.

»Das soll heißen, daß ich Vizepräsident des Verständigungskomitees in unserer Gemeinde bin. Das soll heißen, daß wir auch einen in unserer Kanzlei haben, und der ist ein erstklassiger Wirtschaftsprüfer. Das soll heißen, daß wir alle in dieser einen Welt miteinander auskommen müssen.« Er drückte mehrmals auf den Aufzugknopf.

»Ich werde nicht noch einmal kommen«, sagte Onkel Ernest. »Wird mir zu morbide.«

»Wir müssen einfach sehen, wie es sich entwickelt«, sagte Hartley.

»So eine Nummer mache ich nicht mit«, sagte der alte Mann. »Man kommt einmal und fertig.«

»Soll ich dich absetzen?« fragte Hartley, als die Aufzugtüren aufgingen.

»Nicht, wenn es dir Umstände macht.«

»Ich weiß, aber soll ich dich absetzen?«

»Drück auf Erdgeschoß«, sagte Onkel Ernest.

Die Metalltüren schlossen sich.

Midgley saß bei seinem Vater, als die üppige Nachtschwester ihren Dienst antrat.

»Ich habe mich schon gefragt, ob Sie heute nacht Dienst haben.« Er las ihr Namensschild. »Schwester Lightfoot.«

»Haben Sie schon auf mich gewartet? Keine Veränderung.« Sie nahm eine Serviette und wischte dem alten Mann den Mund ab. »Er will uns nicht verlassen, was?« Sie nahm die Vase mit den Nelken von der Fensterbank. »Sauerstoff«, sagte sie und brachte sie nach draußen.

Später – sie hatte ihm wieder eine Tasse Tee gemacht, und Tante Kitty war zum zweiten Mal nach Haus gefahren – saß er wieder neben dem Bett, aber als sie anfing, seinen Vater zu waschen, stand er auf.

»Sie sind sich aber ähnlich.«

Er starrte aus dem Fenster und drehte sich sogar weg, damit er das Spiegelbild nicht sehen mußte.

»Nein«, sagte er.

»Doch. Das ist ein Kompliment. Er hat ein nettes Gesicht.« Sie wusch mit dem Schwamm unter seinen Achseln.

»Was sind Sie?« fragte sie.

»Was meinen Sie?«

Er drehte sich um, als sie gerade die Bettdecke zurückschlug und ihn zwischen den Beinen wusch. Er sah schnell wieder aus dem Fenster.

»Von Beruf?«

»Lehrer. Ich bin Lehrer.« Er wollte sich ins Wartezimmer setzen.

»Was war sein Beruf?«

»Klempner.«

»Er hat sehr schöne Hände. Richtige Damenhände.«

Das stimmte. Sie war fertig, und seine weichen weißen Hände lagen auf der Bettdecke.

»Das passiert im Krankenhaus. Die Hände der Leute verändern sich.« Sie hielt die Hand seines Vaters. Midgley fragte sich, ob er sie wohl bitten könne, seine Hand zu halten. Wahrscheinlich. Sie sah noch unordentlicher aus als letzte Nacht.

»Möchten Sie irgendwas wissen?«

»Ja«, sagte Midgley.

»Der Doktor wird gleich vorbeikommen.«

Es war ein anderer Arzt. Kein Pakistani. Blonde Locken, nicht viel älter als vierzehn.

»Sein Zustand hat sich mit Sicherheit nicht verschlechtert«, sagte der Junge. »Andererseits«, er warf einen jungenhaften Blick auf die Krankenkarte, »kann man auch nicht sagen, daß er sich verbessert hätte.«

Midgley fragte sich, ob er sich wohl mal Ohrlöcher hatte stechen lassen.

»Ich glaube, es hat keinen großen Zweck, daß Sie hier warten. Sie haben Ihre Pflicht getan.« Er schenkte ihm ein gewinnendes Lächeln, und hätte Midgley dichter bei ihm gestanden, hätte er ihm wohl die Hand auf den Arm gelegt, wie er es gelernt hatte.

»Denn schließlich«, fügte er beinahe verschwörerisch hinzu, »weiß er gar nicht, daß Sie hier sind.«

»Ich glaube nicht, daß er im Sterben liegt«, sagte Midgley.

»Leben, Sterben«, sagte der Junge und zuckte die Achseln. Die Worte bedeuteten ihm das Gleiche.

»Wollen Sie, daß Ihr Vater weiterlebt?« Er wandte sich der Schwester zu und zog eine kleine Grimasse.

»Mir wurde gesagt, er werde nicht mehr lange leben. Ich wohne in Hull.«

»Es ist unsere Aufgabe, die Patienten so lange wie möglich leben zu lassen.« Der hübsche Junge blickte auf seine Uhr. »Wir sind nicht verpflichtet, sie pünktlich abtreten zu lassen.«

»Manche von denen scheinen zu denken, sie sind hier bei der Eisenbahn«, sagte der Arzt in den frühen Morgenstunden zu einer Schwester, bei einer Zigarette nach dem Sex.

»Ich mag keine fünfzehnjährigen Ärzte, das ist alles«, sagte Midgley. »Ich bin alt genug, sein Vater zu sein. Wartet sonst niemand hier? Hat sonst niemand das Gefühl, hiersein zu müssen?«

»Warum legen Sie sich nicht in Ihrem VW-Bus schlafen? Ich kann Ihnen ein Kissen und Bettzeug geben.« Sie aß eine Praline. »Ich schicke jemand zum Parkplatz runter, wenn was passiert.«

»Was machen Sie eigentlich den ganzen Tag lang?« fragte Midgley.

»Schlafen.« Sie pulte ein Stück Praline von ihrem Zahn. »Ich wache normalerweise gegen drei wieder auf.«

»O.K.«

Sie lächelte. Er hatte vergessen, wie leicht es ging.

»Ich schaue nur noch mal kurz bei meinem Vater rein.«

Er kam zurück. »Kommen Sie, sehen Sie. Ich glaube, er hat sich bewegt.«

Sie lief vor ihm ins Zimmer. Der alte Mann lag auf den Kissen, eine abgeschirmte Lampe stand neben dem Bett.

»Da haben Sie mich aber eine Sekunde lang erschreckt«, sagte sie. »Alles in Ordnung.«

»Nein. Sein Gesicht hat sich verändert.«

Sie schaltete die Lampe über dem Bett ein, deren Licht so hell war und so plötzlich anging, daß der alte Mann schon davon hätte zusammenzucken müssen. Aber nichts rührte sich.

»Ich hatte bloß das Gefühl, daß er lächelt.«

»Sie sind müde«, sagte sie, berührte kurz seine Wange und schaltete das Licht aus.

Midgley knipste es wieder an.

»Wenn man lange genug hinschaut, sieht man, daß er lächelt.«

»Wenn man lange genug hinschaut«, sagte sie beim Hinausgehen, »sieht man alles, was man sehen will.«

Midgley stand einen Augenblick im dunklen Zimmer und wünschte, er hätte sie geküßt, als sich die Gelegenheit bot. Er ging hinaus, um nach ihr zu suchen, aber es hatte eine Massenkarambolage auf der M62 gegeben, und das absolute Chaos stand bevor.

»Was machst du eigentlich den ganzen Tag lang?« fragte seine Frau am Telefon.

»Ich sitze im Wartezimmer. Ich sitze in seinem Zimmer. Ich laufe im Krankenhaus herum.«

»Stört das die Leute nicht?«

»Nicht, wenn sie im Sterben liegen.«

»Liegt er denn im Sterben?« fragte seine Frau und beobachtete ihre Mutter, die sich auf dem Stuhl neben der Tür niedergelassen hatte, ihre Tasche auf den Knien hielt und sich bereit machte, ins Bett zu gehen. »Es scheint doch ziemlich lange zu dauern.« Die alte Dame schlief ein. Einmal war sie von eben diesem Stuhl gerutscht und hatte sich an der Anrichte den Kopf aufgeschlagen. Sie hatten sie ins Krankenhaus bringen müssen.

»Ich kann jetzt nicht reden. Mum will ins Bett. Sie braucht auch dringend ein Bad. Ich muß mich zusammenreißen.« Die Handtasche glitt zu Boden.

»Ich brauche auch ein Bad«, sagte Midgley.

»Geh doch rüber in die Wohnung deines Vaters«, sagte seine Frau. »Mum fällt um. Wiederhören.«

»Warum sitze ich auf diesem Stuhl?« sagte ihre Mutter, als sie ihr aufhalf. »Ich sitze doch nie auf diesem Stuhl. Ich glaube nicht, daß ich schon mal auf diesem Stuhl gesessen habe.«

Am Morgen wurde Midgley von Schwester Lightfoot geweckt, die gegen das beschlagene Fenster des VW-Bus hämmerte. Es war sieben Uhr.

»Meine Schicht ist gerade zu Ende«, sagten ihre deutlichen Lippenbewegungen durch die Scheibe.

Er kurbelte das Fenster herunter.

»Meine Schicht ist gerade zu Ende. Ist das nicht ein großartiger Morgen? Ich werde mir jetzt ein großes Frühstück mit Rührei und Schinken machen und dann ins Bett gehen. Wir sehen uns zum Tee. Sie sehen furchtbar aus.«

Midgley sah sich im Rückspiegel an, ließ den Bus an und fuhr hupend hinter ihr her.

»Sie dürfen hier nicht hupen«, sagte sie. »Das ist ein Krankenhaus.«

»Ich habe ganz vergessen zu fragen. Wie geht's meinem Dad?«

»Keine Veränderung.« Sie winkte und lief eine Grasböschung hinunter in Richtung Schwesternheim. »Keine Veränderung.«

Sein Dad wohnte noch da, wo er selbst früher gewohnt hatte, am Ende einer Straße mit Reihenhäusern aus rotem Backstein. Es war ein Endhaus, wie seine Mutter immer betont hatte. Deshalb hatten sie ein Fenster mehr, das war schön, aber die Kinder der Nachbarschaft spielten immer Fußball gegen die Außenwand, das war nicht so schön. Sein Vater wuchtete sich immer aus dem Sessel vorm Kamin und ging hinaus zu ihnen, jeden Abend. Er schloß die Tür mit dem Schlüssel auf, den er mit vierzehn bekommen hatte. »Jetzt bist du volljährig«, hatte seine Mutter gesagt.

Das Haus war ordentlich, sauber und kalt. Er schaute sich um, ob er irgendwo Anzeichen einer unterbrochenen Tätigkeit entdecken konnte, oder vielleicht auch nur einen umgestellten Stuhl, irgendeinen Hinweis darauf, was sein Vater getan hatte, als ihn der Schlag ereilte. Nichts. Er hatte eine Haushaltshilfe. Sie hatte wahrscheinlich aufgeräumt. Er stellte den Wasserkocher an, bevor er sich rasierte. Er wußte, wo alles war. Der Rasierer seines Vaters lag auf dem Regal über der Spüle, dabei ein Rasierpinsel, dessen Borsten schon so abgenutzt waren, daß er mehr wie eine Bürste aussah, und ein halbes Päckchen Klingen. Er kratzte den Rost vom Rasierer (»Das ist deinem Vater egal«, pflegte seine Mutter zu sagen) und legte eine neue Klinge ein. Rasiercreme hatte er nie benutzt. *Puritan*-Seife hatte es daheim immer gegeben, grüne *Puritan*-Seife. Nach der Rasur zog er das Hemd aus, um sich zu waschen, in der Reihenfolge, wie er es auch bei seinem Vater jeden Abend nach der Arbeit gesehen hatte. Dann dachte er an den Nachmittag und tat etwas, was er bei seinem Vater nie gesehen hatte: er zog seine Hose und Unterhose aus und wusch sich den Schwanz. Er roch an seinem Hemd. Es stank. Nackt, weiß und zitternd ging er durch das aufgeräumte Wohnzimmer und die schmale Treppe hinauf, bis er auf dem kalten Linoleum im Schlafzimmer seiner Eltern stand und sich im Spiegel des Ankleidetischs ansah. Auf dem Ankleidetisch standen auf kleinen Spitzendeckchen verschiedene Toilettenartikel: ein runder Glasbehälter für den Puderquast, ein Kissen für Stecknadeln, ein Kristallschälchen mit einer kleinen Säule in der Mitte für Ringe, ein Handspiegel und eine Haarbürste. Diese Gegenstände hatten ihren praktischen Nutzen längst verloren, aber sie hatten vierzig Jahre lang am für sie vorgesehenen Ort gelegen.

Er öffnete die Schublade und fand ein noch eingepacktes, neues Oberhemd. Sie hatten es seinem Vater vor zwei Jahren zu Weihnachten geschenkt. Er zog es an, nachdem er vorsichtig alle Nadeln herausgezogen und in das Kristallschälchen gelegt hatte. Er suchte nach einer Unterhose, fand eine, die alt, ausgeleiert und ein bißchen gelblich aussah. Ein Paar Socken. Nichts paßte richtig. Er war kleiner als sein Vater. Heutzutage war es meist umgekehrt. Er ging wieder hinunter und durch bis in die Waschküche, wo er seine Schuhe putzte. Er erinnerte sich an die Bürsten – die kleine Bürste, um die Schuhcreme aufzutragen, was er als Kind immer für schlecht gehalten hatte, und die große, edle Bürste, die den Glanz hervorbrachte. Er stand auf der Brücke vor dem Kamin und sah sich im Spiegel an, wie zur Beerdigung gekleidet, setzte sich aufs Wohnzimmersofa und weinte, bis ihm klar wurde, daß er sich nicht die Beerdigung seines Vaters vorstellte, sondern seine eigene. Am Ende des gekachelten Kaminsimses, auf den seine Mutter so stolz gewesen war, als sie ihn im Jahr 1953 eingebaut hatten (eine Schande um den schönen alten Ofen, sagte Joyce immer), stand die Pfeife seines Vaters. Immer noch halbvoll mit verkohltem Tabak. Er legte sie zurück, aber sie rollte zur Seite und fiel hinunter auf den künstlichen Kamin. Er bückte sich, um sie aufzuheben, und plötzlich war er sein Vater, der sich hinunterbeugte, fiel und zwei Tage mit der Pfeife unter seiner Hand auf dem Boden lag. Er rannte aus dem Haus und fuhr wie gehetzt zum Krankenhaus zurück.

»Keine Veränderung«, sagte die Schwester gelangweilt (sie hielten ihn langsam für verrückt). Aber auch wenn sich nichts verändert hatte, schien doch der alte Mann wenigstens nicht mehr zu lächeln.

»Ich habe dein Hemd an, Dad«, sagte Midgley. »Das wir dir zu Weihnachten geschenkt haben. Ich hoffe, das ist dir recht. Es steht mir nicht besonders gut, aber ich glaube, deshalb hat Joyce es auch gekauft. Sie hat gemeint, daß es mir nicht gut stehen würde, aber dir bestimmt.«

Eine Krankenschwester kam herein.

»Es heißt, man soll mit ihnen sprechen«, sagte Midgley. »Ich habe es im *Reader's Digest* gelesen«, (und als würde das seine Worte überzeugender klingen lassen), »der lag im Wartezimmer.«

Die Schwester stieß die Luft durch die Nase aus. »Das heißt es auch über Pflanzen«, sagte sie und stellte die Nelken wieder auf die Fensterbank. »Ich denke, über das Stadium sind wir hinaus.«

Midgley saß auf dem Schlafsofa in Schwester Lightfoots Zimmer im Schwesternheim. Die Zimmer waren hell und modern, wie im Krankenhaus. Sie saß am elektrischen Kamin, an dem ein Heizstab glühte. An der Wand hing ein Snoopy-Poster.

»Die Leute haben seltsame Ansichten über Krankenschwestern«, sagte sie. »Männer.« Sie biß in ihr Brötchen. Es waren Müslibrötchen. »Man sagt, daß man Krankenschwester ist, und schon ändert sich ihr Verhalten. Wissen Sie, was ich meine?«

»Nein«, log Midgley.

»Besonders auf Partys fällt es mir auf. Sie fragen dich, was du von Beruf bist, du sagst Krankenschwester, und eine Minute später wälzen sie sich mit dir auf dem Fußboden. Ganz normale Menschen verwandeln sich in wilde Tiere.« Sie schaltete den Kamin eine Stufe höher.

»Deshalb sage ich nicht mehr Krankenschwester.«

»Was sagen Sie dann?« fragte Midgley. Er fragte sich, ob es günstiger sei, zum Kamin hinüberzurücken oder sie dazu zu bringen, zum Schlafsofa zu kommen.

»Ich sage, ich bin Vertreterin. Ich meine damit natürlich nicht Sie«, sagte sie. »Sie sind natürlich ganz anders. Aber Sie haben im Moment ja auch was anderes im Kopf.«

»Was denn?«

»Ihren Vater.«

»Ach ja.«

Die diensthabende Schwester war instruiert, anzurufen, wenn es Anzeichen einer Krise gab.

»Er ist wirklich reizend«, sagte sie, den Mund voll mit Brötchen. »Ich kann verstehen, was Sie für ihn empfinden.«

»Wirklich?« fragte Midgley. »Das ist ja nett.«

»Alte Leute sind auf ganz eigene Art attraktiv. Ich finde ihn beinahe sexy.«

Midgley stand plötzlich auf.

Sie pulte etwas aus ihren Zähnen.

»War Ihr Brötchen auch so sandig?«

»Nein«, sagte Midgley und setzte sich wieder.

»Meins aber. Meins war ein bißchen sandig.«

»Ich schätze, es sollte ein bißchen sandig sein«, sagte Midgley und sah auf die Uhr.

»Nein. Dafür war es zu sandig.«

»Was würdest du sagen,« fragte Midgley und untersuchte sorgfältig einen kleinen Fleck auf dem Bettbezug, »was würdest du sagen, wenn ich dich bitten würde, mit mir ins Bett zu gehen?«

»Jetzt?« fragte sie zurück und holte sich noch ein bißchen Sand oder Körner aus den Zähnen.

»Wenn du willst.« Er ließ es klingen, als wäre es ihr Vorschlag gewesen.

»Jetzt kann ich nicht.« Sie räumte Tassen und Teller weg.

»Warum nicht? Du hast doch erst um sieben Uhr Dienst.«

»Heute ist Mittwoch. Da habe ich eine frühere Schicht.« Sie fragte sich, ob er sich wohl in ein wildes Tier verwandeln würde.

»Dann morgen?«

»Morgen wäre besser. Es hängt natürlich ganz davon ab.«

»Wovon?«

Sie war schockiert.

»Von deinem Vater. Vielleicht ist er morgen nicht mehr.«

»Stimmt«, sagte Midgley und stand auf. Er küßte sie recht förmlich.

»Na ja«, lächelte sie. »Drücken wir die Daumen.«

Midgley saß am Bett seines Vaters und betrachtete den Punkt, der über den Bildschirm hüpfte.

»Halt durch, Dad«, murmelte er. »Halt durch.«

Keine Veränderung.

Bevor er zu seinem Bus hinunterging, um sich schlafen zu legen, rief er zu Hause an. Sein Sohn war am Apparat. Joyce war mit ihrer Mutter oben.

»Könntest du sie ans Telefon holen, bitte«, sagte Midgley.

Das »bitte« war irgendwie beleidigend. Er hörte einen kurzen gerufenen Dialog.

»Sie kann nicht«, sagte Colin. »Oma ist in der Badewanne. Mum kann sie nicht allein lassen. Was willst du denn?«

»Geh du rauf, und paß auf sie auf, während ich mit deiner Mutter spreche.«

»Dad.« Sein Sohn sprach langsam, mit entnervter Empörung. »Dad. Sie sitzt in der Badewanne. Sie hat nichts an. Ich will sie nicht angucken.«

Weitere entfernte Rufe.

»Mum sagt, wenn sie jemanden findet, um auf Oma aufzupassen, kommt sie rüber, um Großvater zu besuchen.«

»Colin.« Midgleys Stimme nahm einen dringenden Ton an. »Colin. Bist du noch dran?«

»Klar.« (Midgley haßte das.)

»Sag ihr, daß sie das lassen soll. Hörst du mich? Sag ihr, daß es ganz und gar nicht nötig ist, daß sie herkommt. Los, sag ihr das!«

»Ich sag's ihr, wenn sie runterkommt.«

»Nein«, sagte Midgley. »Sofort. Ich kenne dich doch. Geh rauf und sag es ihr sofort.«

Der Hörer wurde hingelegt, und er hörte, wie Colin die Treppe hinaufbrüllte. Er kam zurück.

»Ich hab's ihr gesagt. Ist das alles?«

»Nein. Hast du nicht was vergessen? Wie geht's Großvater? Hast du das nicht vergessen? Nett, daß du fragst, Colin. Es geht ihm ungefähr wie gestern, Colin, danke der Nachfrage.«

»Wie geht es deinem Großvater?« fragte Joyce, die mit einem nassen Handtuch und der Unterwäsche ihrer Mutter in der Hand die Treppe herunterkam.

»Ungefähr wie gestern«, sagte Colin.

»Und deinem Vater?«

»Keine Veränderung.«

Midgley träumte in dieser Nacht, daß es Morgen würde, die Fahrertür des VW-Bus aufginge und sein Vater einstiege.

»Ich wußte gar nicht, daß du Auto fahren kannst, Dad«, sagte er, als sie in die Stadt fuhren. »Wann hast du das denn gelernt?«

»Kurz vor meinem Tod.«

Seine Mutter als junges Mädchen wartete vorm Rathaus auf sie.

»Was für ein schnittiger Kleinbus, Frank«, sagte sie. »Rutsch zur Seite, Denis, laß mich neben deinem Vater sitzen.«

Sie saßen alle drei in einer Reihe nebeneinander, bis er sah, daß sie ihre Hand auf das Knie seines Vaters gelegt hatte: Dann war er plötzlich allein mit ihr auf einem Feld.

»Was für ein herrliches Feld«, sagte sie. »Absolut sauber.«

Er war ein kleiner Junge, sie hatte ein weißes Kleid an, und eine furchtbare Bedrohung hatte sich gerade aufgelöst. Doch dann drehte er sich um und sah hinter sich etwas viel Schlimmeres. Am Rand des Feldes lag ein gewaltiger Haufen Schlacke schwarz glitzernd und glänzend in der Sonne, bereit, sie unter sich zu begraben. Seine Mutter hatte ihn noch nicht gesehen und plapperte munter weiter, wie schön doch das Feld war, wo doch dieser schreckliche Hügel immer näher heranglitt. Jemand rannte den Abhang hinunter und schwenkte die Arme, eine große, schmutzige Gestalt, ein Bergarbeiter, ein Kohlenkumpel. Er rutschte zu ihnen herab.

»Oh«, sagte seine Mutter still, »da ist ja dein Vater«, und er setzte sich neben sie und beschmutzte ihr weißes Kleid mit Kohlenstaub und Dreck.

Dann gingen sie über den Markt in Leeds. Es war Sonntag, die Stände waren leer und verschlossen. Es war außerdem Kirchzeit, und sie gingen über den Markt zur Kirche und bis zum Chorgitter. Das Chorgitter war eine Art Anzeigetafel für Ankunft und Abfahrt, Felder mit Namen darauf drehten sich klackernd um, aber statt Ankunft und Abfahrt stand *Geburten* und *Todesfälle* darüber. Midgley schlenderte davon, während seine Eltern sich hinsetzten und auf die Anzeige schauten. Dann stand seine Mutter auf, küßte seinen Vater und ging rückwärts durchs Chorgitter, kurz bevor sich die Flügel schlossen. Midgley versuchte, durchs Kirchenschiff zu ihr zu rennen, aber er konnte nicht. Er schrie: »Mam, Mam.« Schließlich erreichte er die Gitterflügel und begann sie zu schütteln, aber sie war schon verschwunden. Er drehte sich um und sah seinen Vater an, aber der schüttelte nur den Kopf und drehte sich weg. Midgley rüttelte weiter am Gitter, und dann rüttelte jemand am VW-Bus. Es war Schwester Lightfoot, die ihn weckte. »Du darfst mich Valery nennen«, rief sie auf dem Weg zu ihrem reichhaltigen Frühstück.

Als Midgley später am Morgen nach seinem Vater sah, saß eine gepflegt aussehende Frau mittleren Alters am Bett. Sie hielt die Hand seines Vaters.

»Sind Sie Denis?« fragte sie, ohne aufzustehen.

»Ja.«

»Ich bin Alice Dugdale. Hat er Ihnen von mir erzählt?«

»Nein.«

»Das sieht ihm ähnlich. Der alte Dickkopf. Bist du doch, nicht wahr?«

Sie schüttelte die reglose Hand. Sie war Mitte Fünfzig, schätzte Midgley, sehr selbstbewußt und sehr auffällig zurechtgemacht. Seine Mutter hätte sie »gewöhnlich« genannt. Sie sah aus wie die Frau eines wohlhabenden Gastwirtes.

»Aber er hat mir von Ihnen erzählt«, sagte sie. »Er hat mir ununterbrochen von Ihnen erzählt. Ein trauriger Anblick.«

Die Schwester hatte gesagt, daß es seinem Vater heute morgen ein bißchen besser gehe.

»Sein Zustand hat sich stabilisiert«, sagte Midgley.

»Ja, das hat mir die kleine Schlampe auch erzählt. Was weiß

die denn schon?« Sie sah ihn an. »Sie sehen ein bißchen abgerissen aus.« Sie stand auf und strich ihren Rock glatt. »Ich bin von Stockport heraufgekommen.« Sie nahm die Nelken aus der Vase und warf sie in den Papierkorb. »Deprimierende Blumen«, sagte sie. »Ich mag lieber Freesien. Ich bin Witwe. Eine reiche Witwe. Sollen wir ein bißchen herumspazieren? Hat ja keinen Sinn, sich hier herumzudrücken.« Sie küßte seinen Vater auf die Stirn. »Seine Lordschaft hat nicht viel zum Gespräch beizutragen. Bis bald, Süßer.«

Sie rauschte durchs Wartezimmer, Midgley im Schlepptau. Tante Kitty stand mit offenem Mund auf und ging ein Stück hinterher, um ihnen im Flur nachzublicken.

»Das ist dann wohl Ihre Tante Kitty, nehme ich an.« Sie sagte es so laut, daß Tante Kitty es hören konnte.

»Ja, das ist sie«, sagte Denis, schaute zurück und lächelte schwach. »Kennen Sie sie?«

»Gott sei Dank nicht. Aber sie kennt mich wahrscheinlich.«

Sie fanden einen Automaten und tranken einen Kaffee. Sie zog einen silbernen Flachmann aus der Handtasche.

»Wollen Sie davon ein bißchen hinein?«

»Nein danke«, sagte Midgley.

»Ich brauche einen Schuß«, sagte sie. »Ich bin selbst von Stockport hier raufgefahren. Ich wollte Ihren Vater heiraten, aber er hat nein gesagt. Ich hatte zuviel Geld. Mein Mann hat mir eine ganze Stange hinterlassen. Er hatte eines der führenden Häuser für Polstermöbel. Frank hätte sich ausgehalten gefühlt, verstehen Sie? Das war ganz und gar typisch für Ihren Vater. Aber Sie wissen ja, wie er war.«

Da war sich Midgley nicht mehr so sicher.

»Wie meinen Sie das?«

»Er mußte immer am Ruder sitzen, unser Frank. Er tat den Leuten einen Gefallen, er gab einen aus, er brachte ein Opfer. Für ihn durfte man nichts tun. Ich habe so viel Geld, und er wollte sich von mir nicht einmal nach Scarborough einladen lassen. Statt dessen haben wir im Roundhay Park herumgesessen. Im Roundhay Park!«

Eine Frau, die lernte, auf Krücken zu gehen, humpelte vorbei.

»Wir hätten nach Teneriffa fliegen können.«

Midgley war froh, daß wenigstens dieser Charakterzug seines Vaters Bestand hatte.

»Ich wollte ihn nicht enttäuschen«, sagte Midgley. »Darum habe ich gewartet. Er will, daß ich ihn enttäusche, das weiß ich.«

»Die Arme«, sagte sie und blickte der Frau hinterher, die sich den Flur entlangmühte.

»Was für eine Frau war Ihre Mutter?«

»Sie war wunderschön«, sagte Midgley.

»Sie hat ihn, glaube ich, richtig verstanden. Sie sieht aus wie eine großartige Frau. Er hat mir Fotos gezeigt.« Sie nahm ihre Schminkdose aus der Tasche und korrigierte ihr Make-up. »Ich gehe noch mal rein und schaue ihn mir an. Dann muß ich zu einer Wohltätigkeitsveranstaltung in Harrogate. Ich konnte mit diesem Ausflug nämlich zwei Fliegen mit einer Klappe schlagen.«

»Deine Mutter war noch kein Jahr tot«, schniefte Tante Kitty. »Ich war schockiert.«

»Ich bin nicht schockiert.«

»Du bist auch ein Mann. Das paßt gar nicht zu deinem Vater. Sie hat ganz schön Nerven, hier aufzutauchen.«

»Ich bin ganz froh darüber«, sagte Midgley.

»Ihr Haar ist gefärbt«, sagte Tante Kitty, aber es war ein letzter verzweifelter Hieb. »Sie verlegen ihn morgen nach unten. Er muß auf dem Wege der Besserung sein.« Ihr Leben verlor seinen dramatischen Aspekt. »Ich hoffe nur, daß er kein hilfloser Pflegefall wird, wenn er wieder zu sich kommt.«

»Ich habe Shirley gesagt, sie soll anrufen, wenn irgendwas passiert«, sagte Valery. »Aber es wird nichts passieren. Seine Lunge hat sich erholt. Sein Herz auch. Er ist bloß noch bewußtlos.«

Midgley putzte sich die Zähne.

»Ich freue mich wirklich darauf, daß er wieder zu sich kommt.« Sie hob die Stimme, um den Wasserhahn zu übertönen. »Ich möchte zu gern wissen, wie sich seine Stimme anhört.«

»Was?« fragte Midgley und drehte den Hahn zu.

»Ich möchte zu gern wissen, wie sich seine Stimme anhört.«

»Oh«, sagte Midgley. »Ja.« Und drehte den Wasserhahn wieder auf.

»Ich glaube, ich weiß schon, wie sie sich anhört«, sagte sie. »Ich möchte es nur gern bestätigt haben.«

»Du scheinst nicht gern über deinen Vater zu reden«, sagte sie etwas später, als sie den Reißverschluß an ihrem Rock öffnete. »Schönes Hemd.«

»Ja«, sagte Midgley. »Es gehört meinem Vater.«

»Es gefällt mir.«

Er ging pinkeln, und während er weg war, nahm sie den Hörer von der Gabel und legte ein Kissen darauf. Als er zurückkam, war sie schon im Bett.

»Hallo«, sagte er, als er ins Bett kroch und sich neben sie legte. »Das ist ja alles ein bißchen albern.«

»Wieso?« fragte sie. »So was passiert doch dauernd.«

»Ja«, sagte Midgley. »Das höre ich auch immer.«

Sie küßten sich.

»Ich hätte so etwas öfter tun sollen.«

»Was?«

»Das hier«, sagte Midgley. »Das wird jetzt meine neue Lebensregel. Ich muß eine Menge aufholen.«

Er schob seine Hand zwischen ihre Beine.

»Grad noch die Kurve gekriegt.«

»So kann man's auch nennen.«

»Ich hoffe, das ist keines von diesen Privatbetten hier«, sagte Midgley. »Dagegen habe ich aus Prinzip was.«

»Du hast mich gar nicht gefragt, ob ich verheiratet bin«, sagte sie.

»Du bist Krankenschwester. Das ist eine eigene Kategorie.« Er schwieg einen Moment. »Bist du verheiratet?«

»Er ist auf einer Bohrinsel.«

»Hoffentlich«, sagte Midgley.

Später rauchte er eine Zigarette, und sie aß ein Stück Kuchen.

»Ich war ganz sicher, daß sie von der Station anrufen würden«, sagte er.

»Nein.« Sie hob das Kissen und legte den Hörer zurück auf die Gabel.

Er runzelte die Stirn. Dann grinste er. »Macht ja nichts«, sagte er.

Sie machten es sich gerade wieder bequem, als das Telefon klingelte. Sie nahm ab.

»Ja«, sagte sie und sah ihn an. »Ja.«

»Was ist los?« fragte Midgley.

Sie legte auf und sah weg.

Er war schon aus dem Bett gesprungen und zog seine Hose an.

»Hatte sie es schon mal versucht?«

Sie drehte sich mit dem Gesicht zur Wand.

»Hatte sie?« Midgley brüllte jetzt. »Hat sie angerufen?«

»Schrei nicht so! Die Nachtschwestern schlafen.«

Am Ende des langen Flurs flogen die Türen auf.

»Es ist wirklich ein Wunder, daß ich noch nicht Mrs. Tunnicliffe besuchen gegangen war«, sagte Tante Kitty. »Sie liegt mit ihrer Hüfte auf Station 7. Wartet seit zwei Jahren auf die Operation. Aber ich weiß auch nicht warum, aus irgendeinem Grund bin ich wieder zurückgegangen. Ich saß hier und las *Woman's Own*, da kommt Joyce hereinmarschiert, und eine Minute später ruft die Schwester nach uns, und er hat die Augen offen! Wir waren also beide da, nicht wahr.«

Mrs. Midgley nickte. Sie standen alle drei neben dem Bett.

»Er sagte bloß, ›Ist unser Denis hier? Ist unser Denis hier?‹«, sagte Tante Kitty, »und ich sagte, ›Er kommt gleich, Frank.‹ Und dann lächelte er ein klein wenig, und dann war es vorbei. Gott segne ihn! Ich war seine einzige Schwester.«

Sein Körper lag flach auf dem Bett, die Augen waren geschlossen, das Laken bis zum Kinn hochgezogen.

»Der Punkt macht etwas anderes, wenn man stirbt«, sagte Tante Kitty und schaute auf den Bildschirm, der jetzt nur noch eine durchgehende Linie zeigte.

»Ich habe natürlich nicht direkt hingeschaut, aber aus dem Augenwinkel habe ich bemerkt, daß er in den letzten Momenten etwas anderes gemacht hat.«

»Ich glaube, er lächelt«, sagte Mrs. Midgley.

»Natürlich lächelt er«, sagte Midgley. Er ging zum Fenster und sah hinaus. »Er hat gewonnen. Siegtreffer in der letzten Minute der Nachspielzeit.«

Mrs. Midgley kam zum Fenster und sagte leise: »Du widerst mich an.«

Eine Krankenschwester kam herein und schaltete den Monitor ab.

Sie gingen hinaus.

»Es ist wirklich zu schade, daß du nicht hier warst, Denis«, sagte Tante Kitty. »Ich meine, im entscheidenden Moment. Du hast dich so gut gehalten. Du warst die ganze Zeit hier, als er im Sterben lag. Was hast du denn gemacht?«

»Gelebt«, sagte Midgley.

»Er hat jetzt jedenfalls seinen Frieden.«

Sie gingen hinaus und holten seine Sachen. Auf dem Weg nach draußen stand ein junger Mann am Telefon. »Es ist ein Junge!« sagte er. »Ein Junge! Ja. Stell dir das mal vor! Ich bin Vater!«

Sie standen auf dem Parkplatz.

»Ich denke, wo wir schon mal hier sind«, sagte Joyce, »können wir auch gleich damit anfangen, seine Sachen durchzusehen.«

© John Timbers

ALAN BENNETT, 1934 in Leeds geboren, ist einer der populärsten unter Großbritanniens Dramatikern. Er schreibt für Radio, Fernsehen und hat u. a. eine Theaterfassung des englischen Kinderbuchklassikers *Der Wind in den Weiden* verfaßt. Berühmt wurde die von der BBC für ein Millionenpublikum gesendete Hörspielreihe *Talking Heads*.

LESEN SIE WEITER ...

Die Texte erschienen unter den Titeln
The Laying on of Hands und *Father! Father! Burning Bright*
in »London Review of Books« (2001 bzw. 1999),
und im Verlag Profile Books Ltd. (2001 bzw. 2000)

Verlag Klaus Wagenbach, Emser Straße 40/41, 10719 Berlin
Umschlaggestaltung: Birgit Thiel unter Verwendung
einer Installation (ohne Titel, 1974) von Vlassis Caniaris
Gesetzt aus der Arena von Greiner & Reichel, Köln
Gedruckt auf chlor- und säurefreiem Papier
und gebunden von Clausen & Bosse, Leck
Bucheinbandstoffe von Peyer + Co GmbH
Printed in Germany.
ISBN 3 8031 3168 5